소중한 ______________________ 에게

______________________ 가(이) 선물합니다.

____

삼총사

알렉상드르 뒤마 지음

대 뒤마라고도 부릅니다. 1802년 북프랑스 빌레르 코트레에서 태어났으며,
4세 때 나폴레옹 군대의 장군이었던 아버지를 여의고 불우하게 살았습니다. 1829년 역사극
「앙리 3세와 그 궁정」이 크게 성공하여 주목받는 작가가 되었습니다. 1844년 「삼총사」를 내놓아
호평을 받았으며, 「20년 후」, 「철가면」 등 무려 250편이 넘는 작품을 썼습니다. 변화 많은 장면 전환과
등장인물들의 성격을 활기차게 묘사하여 작가로서의 천부적인 자질을 보여 주었는데,
특히 「몽테크리스토 백작」, 「삼총사」, 「철가면」은 세계적으로 유명한 명작입니다.

김자환 엮음

전라남도 순천에서 나고 자랐으며, 광주일보 신춘문예에 동화가 당선되면서 작품 활동을 시작했습니다.
그동안 「세상에서 가장 아름다운 사람꽃」, 「순돌아 도망쳐」, 「날아라 동서남북」, 「두리 날다」
「난 너하고는 달라」, 「진욱이 안 미워하기」, 「여우고개」, 「사랑바이러스」 등 40여 권의 동화책을 펴냈으며,
계몽아동문학상 · 새벗문학상 · 아동문예작가상 등을 받았습니다.

2022년 6월 15일 2판 7쇄 **펴냄**
2011년 8월 25일 2판 1쇄 **펴냄**
2007년 9월 25일 1판 1쇄 **펴냄**

펴낸곳 (주)효리원
펴낸이 윤종근
지은이 알렉상드르 뒤마
엮은이 김자환 · **그린이** 박요한
등록 1990년 12월 20일 · **번호** 2−1108
우편 번호 03147
주소 서울시 종로구 삼일대로 457, 406호
전화 02)3675−5222 · **팩스** 02)765−5222

ⓒ2007 · 2011. (주)효리원

ISBN 978−89−281−0142−9 64860

이메일 hyoreewon@hyoreewon.com
홈페이지 www.hyoreewon.com

삼총사

알렉상드르 뒤마 지음
김자환 엮음 · 박요한 그림

효리원
hyoreewon.com

달타냥과 삼총사가 벌이는
모험과 우정의 세계

내가 어려서 읽은 책 중에서 가장 신바람 나게 읽은 모험 소설이 무엇이냐고 물어보면, 나는 서슴지 않고 알렉상드르 뒤마의『삼총사』를 첫손가락에 꼽는다. 달타냥이 아토스, 포르토스, 아라미스 등 삼총사와 함께 벌이는 모험과 우정의 세계에 매혹되어 밤을 새워 읽고 또 읽었던 기억이 지금도 새롭다.

『삼총사』는 나에게 큰 변화를 가져다 준 소설이다. 어릴 적의 나는 소심하고 용기가 없는 겁쟁이였는데,『삼총사』를 읽고 난 후부터 용기가 생기고 모험을 좋아하게 되었다. 그리고 친구를 깊이 있게 사귀면서 의리를 소중히 생각하게 되었는데, 그것은 어른이 된 지금도 마찬가지이다. 그러므로『삼총사』는 내 성격에 변화를 가져다 준, 큰 영향을 끼친 작품이라 할 수 있다.

요즘 어린이들은 예전과 달리 소심하고 자기 중심적이며, 조그만 어려움에도 금방 절망하며 주저앉아 버린다고 걱정하는 어른들이 많

다. 그 원인을 여기서 따질 수는 없지만, 그런 어린이들이 있다면『삼
총사』를 권하고 싶다. 주인공 달타냥과 아토스, 포르토스, 아라미스
가 함께 벌이는 모험과 우정의 세계는 틀림없이 그동안 미처 보지 못
했던 새로운 세계를 발견할 수 있게 할 것이다.

　아울러 소심한 어린이에게는 용기가, 자기 중심적인 어린이에게는
남을 이해하고 배려하는 마음이, 또 나약한 어린이에게는 불굴의 의
지가 저절로 생겨날 것이다. 그리고 무엇보다 친구들과 깊이 있게 나
누는 우정이 얼마나 소중하고 아름다운지 감동적으로 깨닫게 될 것
이다.

엮은이 김 자 환

아버지의 세 가지 선물

1625년 4월의 어느 날, 프랑스 남부 지방의 작은 시골 마을인 타르브에서 한 청년이 길 떠날 채비를 하고 있었다. 달타냥이라는 이 청년은 이제 열여덟 살로, 트레빌 대장이 이끄는 총사대의 총사가 되기 위해 파리로 가려는 것이었다.

"아버지, 다녀오겠습니다."

달타냥이 작별 인사를 올리자 아버지는 읽고 있던 책을 덮고 자리에서 일어났다.

아버지는 엄숙한 얼굴로 말했다.

"아들아, 언제 어디서나 너는 가스코뉴 사람이라는 사실을 잊지 않도록 해라. 5백 년 이상이나 조상 대대로 이어져 온 가문의 명예를 더럽히지 않도록 의연하고 당당하게 처신하도록 해라. 가스코뉴 사람들은 비겁하지 않고, 누구에게도 고개를 숙이지 않는다. 네가 고개를 숙여야 할 상대는 국왕 폐하와 추기경 예하, 그리고 총사대의 트레빌 대장뿐이다. 이 세 사람 말고는 어떤 사람에게도 이유 없이 굴복해서는 안 된다. 알겠느냐?"

"예, 아버지."

대답과 함께 입술을 꽉 깨무는 달타냥의 얼굴도 아버지 이상으로 엄숙했다.

"나는 너에게 다섯 살 때부터 검술을 가르쳤고, 용기와 정직을 강조했다. 나는 네가 누구보다 용감한 총사가 되리라 믿는다. 왜냐하면 너는 가스코뉴 사람이고, 또 나의 아들이니까. 싸움을 두려워하지 말고 스스로 모험을 찾아라. 그리고 싸움에서는 결코 뒤로 물러서지 마라. 알겠느냐?"

"예, 아버지."

아버지는 아들에게 편지 한 통을 건네주었다.

"이 편지를 잘 간직했다가 트레빌 대장에게 전해라. 추천장이다. 이걸 받으면 트레빌 대장이 널 보살펴 주고 도와줄 것이다. 트레빌 대장은 나와 뜻이 통하는 친구란다."

아버지는 또 지갑 하나를 건네주었다.

"여기 은화 15에퀴(17~18세기에 프랑스에서 사용하던 화폐 단위)가 들어 있다. 적지만 여행 경비로 쓰거라. 그리고 내 말을 줄 테니 잘 보살피도록 해라. 이 말은 13년 동안이나 함께 살아온 녀석이니 가족처럼 여기며 아껴 주어야 한다."

"명심하겠습니다, 아버지."

"내 아들아, 집을 떠나는 너에게 내가 줄 수 있는 것이라고는 단돈 15에퀴와 말, 그리고 방금 들려준 충고뿐이로구나. 네 어머니에게 들러 인사를 하고 떠나거라."

아버지는 오랫동안 사용했던 자신의 칼을 꺼내 아들 허리에 채워 주었다.

아버지에게 작별 인사를 하고 나오자 어머니가 밖에서 기다리고 있었다. 사랑하는 아들을 멀리 떠나 보내는 어머니는 눈물을 글썽이며 말했다.

"부디 몸조심하여라. 그리고 이 처방전은 어느 집시(코카서스 인종에 속하는 소수의 유랑 민족. 일정한 거주지 없이 항상 떠돌이 생활을 한다.)에게 배운 상처 치료법인데, 기적의 약을 만들 수 있단다. 심장을 뺀 어떤 부위에 난 상처라도 금방 치료되지. 그렇지만 네가 이 약을 사용할 일이 없었으면 좋겠구나."

"어머니, 감사합니다. 조심해서 잘 다녀오겠습니다."

달타냥은 아버지에게서 받은 세 가지 선물, 13년이나 된 늙은 말과 은화 15에퀴, 트레빌 대장에게 보내는 추천장을 가지고 길을 떠났다. 물론 아버지의 충고를 마음 깊이 새겼고, 어머니가 가르쳐 준 처방전을 챙기는 것도 잊지 않았다.

달타냥은 파리를 향해 말을 달렸다. 달타냥의 말은 한때 달타냥의 아버지를 태우고 전쟁터를 누비며 많은 공을 세웠다. 그러나 지금은 늙을 대로 늙어서 여기저기 털이 빠지고, 털 빛깔 또한 누렇게 바래서 여간 볼품없는 게 아니었다. 달리는 속도도 아주 느렸다. 그래서 마주치는 사람마다 킥킥거리기 일쑤였다.

"저게 말이야, 당나귀야?"

"저렇게 늙은 말도 사람을 태우나? 말에 탄 사람은 어른이야, 아이야?"

"옷차림을 보니 애늙은이라고 해야겠군."

이런 소리들이 달타냥의 귀에 들어오지 않을 리 없었다.

"저것들이!"

달타냥은 화를 참지 못해 얼굴이 벌게졌다.

달타냥이 가장 참지 못하는 것이 남에게 모욕 당하는 일이었다. 그것은 가스코뉴 사람들의 공통된 특징으로, 달타냥과 그의 아버지 또한 마찬가지였다. 달타냥은 파리에서 가까운 도시 묑

에 도착할 때까지 칼자루에 수없이 손을 가져갔다가
는 이를 악물며 참곤 했다. 여행의 목적이 국왕을 호
위하는 총사가 되는 것이기 때문에 사소한 일로 싸움
을 할 수는 없다는 생각에서였다.

 묑에 도착한 달타냥은 여관을 찾았다. 말을 매고 있
는데 여관 1층 창문가에서 수군거리고 있는 세 명의
사나이가 보였다. 그중 유난히 눈에 띄는 사람은 키
가 훌쩍 크고 말쑥한 차림을 한 사나이였다. 한쪽 뺨
에 끔찍한 칼자국이 나 있고, 팔(八)자 모양의 콧수염
을 기르고 있어서 한 번 보면 곧 기억에 남을 만한 인
상이었다. 옷차림이나 칼자루에 박힌 보석으로 보아
귀족이 틀림없어 보였다.

이 칼자국의 사나이와 부하로 보이는 다른 두 사나이가 달타
냥이 타고 와서 매고 있는 말을 보면서 큰 소리로 웃어 댔다. 이
소리가 달타냥에게는 비웃는 소리로 들렸다.

"당신들 지금 나와 내 말을 보고 웃는 거요?"

칼자국의 귀족이 싸늘한 눈빛을 보냈다.

"어디서 굴러온 애송이가 시비를 거는 건가?"

'애송이'라는 말에 달타냥은 더욱 화가 치밀어 올랐다.

"애송이라면 함부로 비웃어도 된단 말이오?"

"이보게. 나는 잘 웃지 않는 성미이지만, 내가 웃고 싶을 때는
왕 앞에서도 웃는다네."

"그래? 그렇다면 한 번 더 웃어 보시오."

달타냥은 칼을 뽑았다.

"나는 모욕을 참지 못하는 성미이니 자, 결투를 합시다."

달타냥이 다짜고짜 칼을 뽑고 덤벼들자 칼자국이 난 귀족도
칼을 뽑아 들었다.

"하룻강아지 범 무서운 줄 모른다더니!"

마침내 칼싸움이 벌어졌다. 다섯 살 때부터 아버지로부터 검
술을 배워 칼 다루는 솜씨가 뛰어난 달타냥은 칼자국의 귀족과
막상막하의 대결을 벌였다. 달타냥의 뛰어난 검술을 보고 귀족

은 내심 놀라는 눈치였다.

"이놈의 불같은 성미를 보니 가스코뉴 태생이 틀림없군. 이놈을 쫓아 보내라."

귀족이 소리치자 두 명의 부하들이 함께 덤벼들었다.

달타냥은 이리저리 덤벼들며 용감하게 싸웠으나 3대 1의 싸움을 당해 낼 수 없었다. 더구나 빗맞은 칼이 돌계단에 부딪혀 부러졌다. 마침내 달타냥은 정수리에 몽둥이를 얻어맞고 그대로 기절하여 쓰러지고 말았다.

"하늘 높은 줄을 모르고 날뛰는 놈이로군."

귀족과 부하들은 서로 눈짓을 하더니 여관 안으로 들어가 버렸다.

'이거 큰일 났군. 여기서 사고가 난 것을 알면 손님들이 안 들 텐데.'

당황한 것은 여관 주인이었다. 재빨리 달타냥을 부엌으로 옮기고 상처 난 곳을 붕대로 싸매 주었다.

'나이도 어려 보이는데 간도 크군. 세 사람을 상대로 덤벼들다니……. 도대체 어디서 온 사람일까?'

여관 주인은 달타냥의 주머니를 뒤져 보았다. 그랬더니 은화가 든 지갑과 편지 한 통이 나왔다.

‘웬 편지지?’

편지 봉투에 쓰인 글자를 보고 주인은 소스라치게 놀랐다. ‘트레빌 대장 귀하’라고 씌어 있는 게 아닌가.

주인은 부랴부랴 칼자국의 귀족에게 달려갔다.

“나리, 아까 그 젊은이 말인데요, 함부로 대하지 않는 것이 좋겠습니다. 트레빌 총사 대장님께 보내는 편지를 가지고 있었습니다.”

“뭐라고? 그렇다면 그 녀석이 트레빌이 보낸 놈이란 말인가? 그 녀석은 지금 어디에 있지?”

“예, 부엌에 있습니다. 상처가 심해서 약을 좀 가지러 가야겠습니다.”

여관 주인이 약을 가지러 집 안으로 들어가자, 귀족은 재빠르게 부엌으로 달려갔다.

얼마 후 달타냥은 가까스로 정신을 차렸다. 세 녀석이 한꺼번에 덤벼드는 바람에 몽둥이를 얻어맞고 기절했던 것이 떠오르자 새삼스레 화가 치밀었다.

“비겁한 놈들! 가만두지 않겠다.”

달타냥은 자리를 박차고 일어서려다가 그만 털썩 쓰러졌다. 머리가 깨질 듯이 아파서 한 발자국도 움직일 수가 없었다.

'이러고 있어서는 안 돼. 복수를 해야 해.'

달타냥은 휘청거리는 몸을 억지로 일으켜 세웠다. 그러고는 비틀비틀 현관으로 나갔다.

마침 현관 앞에는 마차 한 대가 서 있었다. 그 안에는 눈이 부시게 아름다운 여인이 타고 있었다. 스물두 살이나 세 살? 금발의 긴 곱슬머리가 어깨 위까지 찰랑거리고, 눈이 푸르고 입술이 장밋빛이었다. 그런데 이 미인이 칼자국의 사나이와 얘기를 나누고 있었다.

"백작님, 제가 할 일이 뭐죠?"

"영국으로 돌아가시오. 가서 버킹엄 공작이 런던을 떠났는지 확인하여 추기경 예하께 보고하시오."

"알겠어요. 백작님은 어떻게 하실 거죠?"

"나는 파리로 돌아갈 생각이오."

그때였다. 달타냥이 부러진 칼을 들고 두 사람 앞에 섰다.

"이 비겁한 놈! 파리로 가기 전에 내 칼부터 받아라."

칼자국 난 귀족의 얼굴이 험상궂게 일그러졌다.

"거머리 같은 녀석. 내가 비겁하다고? 정말 혼나고 싶으냐?"

칼자국이 칼을 뽑자 마차 안의 아름다운 부인이 말렸다.

"백작님, 시간이 급해요. 시간을 낭비해서는 안 됩니다."

"밀레디, 당신 말이 옳아요. 자, 떠납시다."

백작이라고 불린 칼자국의 사나이는 미리 준비해 놓은 말을 타고 달리기 시작했다. 이와 때를 같이하여 아름다운 부인을 태운 마차는 반대편으로 달려갔다.

"서라! 비겁한 놈! 도망가지 말고 거기 서란 말이야."

달타냥은 고함을 치며 백작 뒤를 따라 달려갔다.

그러나 몇 발짝 못 가서 눈앞이 아찔해져 쓰러지고 말았다. 다시 정신을 차린 달타냥은 아버지가 써 준 추천장이 사라진 것을 알고 매우 당황하였다.

"주인 양반, 내 주머니 안에 든 편지를 보지 못했소?"

"아, 그거요? 제가 아까 당신을 치료하다 발견하고 도로 넣어 두었는데요."

"그럼 어디로 갔지요?"

"글쎄, 백작 나리가 가져갔나? 내가 약을 가지러 갈 때 당신 있는 곳으로 들어가던데."

"비겁한 놈! 남의 편지를 훔쳐가다니."

달타냥은 치밀어 오르는 분노로 몸을 부르르 떨었다.

그날 밤, 달타냥은 어머니가 적어 준 처방전대로 약을 만들어 상처에 발랐다. 그리고 다음 날 아침 깜짝 놀랐다. 온몸에 난 상처가 씻은 듯이 나아 있었던 것이다.

'정말 기적의 약이로구나. 어머니, 감사합니다.'

달타냥은 여관비를 내고 파리를 향해 길을 떠났다.

파리에 도착한 달타냥은 돈이 부족해 어쩔 수 없이 말을 팔아야 했다. 말을 판 돈으로 우선 부러진 칼에 새 날을 끼우고 싸구려 셋방을 얻었다.

'힘내라, 달타냥! 이제부터 새로운 생활이 시작된다.'

달타냥은 주먹을 불끈 쥐고 가슴을 쫙 폈다.

내일 아침 당장 트레빌 대장을 찾아갈 작정이었다.

트레빌 대장

트레빌 대장의 저택에는 제복을 입고 무기를 갖춘 병사들이 가득 차 있었다. 병사들은 곳곳에서 칼을 휘두르며 힘든 훈련을 받고 있었다. 이들이 바로 그 유명한 트레빌 대장의 총사대 대원들이었다. 국왕인 루이 13세를 호위하는 것이 이들의 임무였으며, 이 총사대의 총사가 되는 것이 젊은이들의 꿈이었다.

저택의 넓은 뜰과 대기실에는 전국 각지에서 모여든 많은 젊은이들로 북적였다. 모두가 힘이 세고 칼깨나 쓰는 검객들로 총사가 되려고 지원한 자들이었다. 이들은 엄격한 시험을 치러 합격하면 총사가 될 수 있었다.

'햐, 총사가 되는 것은 보통 일이 아니로구나.'

달타냥은 은근히 기가 죽었다. 차례를 기다리는 검객들 모두가 용감하고 칼 솜씨가 뛰어나 보였고, 더구나 아버지가 써 준 추천장마저 잃어버린 터여서 더욱 힘이 빠졌다. 그러나 곧 가스코뉴 사람답게 문지기를 향해 큰 소리로 당당하게 말했다.

"타르브에서 온 달타냥이오. 트레빌 대장을 만나러 왔소."

문지기는 달타냥을 힐끗 쳐다보더니 무표정하게 말했다.

"기다렸다가 이름을 부르면 나오시오."

달타냥은 차례를 기다리면서 다른 사람들의 말에 귀를 기울였다. 혹시 도움이 되는 정보를 얻을지도 모른다는 생각에서였다.

"어제 소식 들었나? 총사대가 추기경의 근위대에 호되게 당했다던데."

"근위대 놈들은 비겁한 놈들이야. 예고도 없이 뒤에서 급습을 했다지 뭔가."

"아토스가 중상을 입었다는 게 사실인가?"

"오른쪽 어깨를 깊이 찔려 생명이 위험하다는데."

"저런, 천하의 삼총사가 어찌 그런 일을……. 포르토스와 아라미스는 무사하겠지?"

"그럼, 그럼. 그들이 누구인가?"

총사 지원자들은 모두 흥분을 감추지 못했다. 총사대의 삼총사는 그들의 우상이었던 것이다.

그 당시 프랑스 국왕 루이 13세는 자신을 호위하는 총사대를 매우 자랑스러워했다. 루이 13세는 용감한 전사이자 충성심이 강한 트레빌을 대장으로 임명하고, 더욱 강한 총사대를 만들기를 바랐다. 그래서 트레빌 대장은 전국에서 이름난 검객들을 뽑아 총사로 임명했으며, 삼총사는 총사대에서 검술이 가장 뛰어난 세 사람이었다.

삼총사의 첫째는 아토스였다. 생각이 깊고 신중해서 언제나 엄숙한 표정을 지었다. 그래서 붙은 별명이 '웃지 않는 아토스'였는데, 검술이 뛰어났다.

둘째인 포르토스는 몸집이 매우 크고 힘이 센 데다 멋진 수염을 기르고 있었다. 늘 빨간 망토를 입고 다녀서 사람들이 '빨간 망토의 포르토스'라고 불렀다.

셋째인 아라미스는 스물두 살의 눈에 띄는 미남이었다. 그래서 '미남 아라미스 총사'라는 별명이 붙었고, 셋 중 검술이 가장 뛰어났다. 그의 소원은 수도원에 들어가 사제가 되는 것이었다.

한편 국왕 못지않은 권력을 가진 리슐리외 추기경은 루이 13세와 경쟁이라도 하듯 뛰어난 무사들을 모아 근위대를 만들었다. 왕에게 지고 싶지 않아서였고, 자신의 권력을 어떻게든 과시하기 위해서이기도 했다. 그래서 트레빌 대장의 총사대와 추기경의 근위대는 항상 경쟁했고, 툭하면 서로 맞서서 목숨을 건 싸움도 마다하지 않았다. 대기실에 있는 총사 지원자들이 말하는 어젯밤의 사건이라는 것도 총사대와 근위대의 이런 충돌 중 하나였다.

"타르브에서 온 달타냥 씨, 들어오십시오."

마침내 달타냥의 차례가 되었다. 달타냥은 긴장이 되었지만 당당한 걸음걸이로 들어갔다. 넓은 방 한가운데에 쉰 살 정도 되는 점잖은 귀족이 떡 버티고 앉아 있었다.

"인사드립니다. 타르브에서 온 달타냥입니다. 아버지께서 인사 여쭈라고 하셨습니다."

트레빌은 한눈에 달타냥을 알아보았다.

"오, 아버지를 빼다 박았군. 자네 아버지는 나의 오랜 친구라네. 건강이 좋지 않아 총사대를 떠났는데 지금은 어떠신가?"

"지금은 많이 좋아지셨습니다."

"다행이로군. 그래, 무슨 일로 나를 찾아왔는가?"

"총사가 되고 싶습니다."

"그래? 그렇다면 이야기가 길어질 것 같으니 잠시 기다리게. 먼저 처리해야 할 일이 있네."

트레빌은 달타냥을 기다리게 해 놓고 밖을 향해 소리쳤다.

"아토스, 포르토스, 아라미스! 들어오게."

곧 빨간 망토의 몸집 커다란 사나이와 얼굴이 잘생긴 미남 총사가 나타났다.

"자네들이 그러고도 총사대의 삼총사라 할 수 있나?"

트레빌은 다짜고짜 두 사람을 꾸짖기 시작했다.

"필요 없는 싸움은 하지 말라고 일렀잖은가. 게다가 어차피 싸움을 시작했으면 이겨야지, 이게 무슨 꼴인가? 근위대 녀석들에게도 지는 총사 대장이 어떻게 국왕 폐하를 뵙는단 말인가? 차라리 내가 대장 직을 물러나야겠네."

포르토스가 아직도 화가 안 풀린다는 듯한 얼굴로 말했다.

"대장님, 근위대 놈들은 비겁합니다. 등 뒤에서 갑자기 급습을 했습니다. 또 저놈들의 숫자가 우리보다 많았습니다."

아라미스도 붉게 상기된 얼굴로 말했다.

"운 없이 제 칼이 부러지고, 아토스가 놈들의 칼에 어깨를 찔렸습니다. 하지만 우리가 진 것은 아닙니다. 근위대 놈들도 많이 다쳤습니다."

"흠. 추기경에게 들은 얘기와는 반대로군. 하기야 추기경, 그 양반이 폐하 앞에서 사실대로 말할 리가 없지."

트레빌의 표정이 한결 누그러졌다. 그는 왜 싸웠느냐가 아니라 누가 이기고 졌느냐에 관심을 두었던 것이다.

"아토스는 어떻게 됐나?"

"상처가 좀 심해서……."

포르토스와 아라미스는 대답하지 못하고 우물쭈물했다.

그때 문이 덜컥 열리고 어깨를 붕대로 싸맨 아토스가 허겁지겁 나타났다. 얼굴빛이 창백했다.

"대장님, 늦어서 죄송합니다. 부르신다는 말씀을 듣고……."

아토스는 말을 채 마치지 못하고 그 자리에 푹 쓰러졌다.

그 광경을 지켜본 달타냥은 가슴이 뭉클했다. 몸을 가누지 못할 정도의 중상을 입고도 대장의 명령에 따라 달려온 아토스의 정신력에 감동한 것이었다.

"빨리 의무실로 옮겨라."

포르토스와 아라미스는 트레빌의 말이 떨어지기가 무섭게 양쪽에서 아토스를 부축해 의무실로 갔다.

삼총사가 나가자 트레빌은 다시 달타냥에게 시선을 돌렸다.

"총사가 되고 싶다고 했지? 지금 몇 살인가?"

"열여덟 살입니다."

"아직 너무 어리군. 총사대에 들어오려면 싸움터에 나가 큰 공

을 세우거나 검술이 뛰어나야 하거든. 우선 총사 예비 학교에 가서 검술과 말 타는 법을 더 배우도록 하게. 내가 추천장을 써 주겠네."

"저는 말을 아주 잘 타고, 다섯 살 때부터 아버지께 검술을 배웠습니다. 실례의 말씀이지만, 저와 검술을 한번 겨루어 보시겠습니까?"

트레빌이 쓴웃음을 지었다.

"큰소리치는 것도 아버지를 닮았군. 예비 학교에 가서 2~3년 동안만 공부하게. 그러면 총사로 받아 주겠네."

"대장님은 제가 미덥지 않은 모양이십니다만, 아버지의 추천장이 있습니다. 오다가 도둑을 맞았지만요. 추천장을 다시 찾아오겠습니다."

"뭐? 추천장을 도둑맞았다고?"

"예. 이름은 모르지만 얼굴에 칼자국이 있는, 백작이라는 자가 훔쳐 갔습니다."

"얼굴에 칼자국이 난 백작? 키가 크고 팔(八)자 수염을 길렀던가?"

"예, 그 사람을 아십니까?"

달타냥은 뭥의 여관에서 있었던 일을 대강 설명해 주었다.

“그자가 틀림없군. 파리에 있는 줄 알았더니 언제 묑으로 갔지? 그자가 혹시 누굴 만나지 않던가?”

“밀레디라는 여자를 만났습니다.”

트레빌이 다시 급하게 물었다.

“무슨 말을 주고받았는지 듣지 못했나?”

“들었습니다. 백작이 밀레디란 여자에게 영국으로 돌아가 버킹엄 공작이 런던을 떠났는지 알아보고 추기경에게 보고하라고 했습니다.”

“으음……, 무슨 음모를 꾸미고 있는 게 분명해. 중요한 정보를 알려 주어 고맙네. 자, 추천장을 써 주겠네.”

트레빌이 추천장을 쓰는 동안 창밖을 내다보고 있던 달타냥이 갑자기 큰 소리로 외쳤다.

“저놈이다! 아버지의 추천장을 훔쳐 간 놈. 가서 복수하고 추천장을 찾아오겠습니다!”

아토스의 어깨, 포르토스의 빨간 망토, 아라미스의 손수건

달타냥은 급히 계단을 뛰어 내려가다가 누군가와 어깨를 세차게 부딪쳤다.

"윽! 누구냐?"

비명을 지르는 상대를 바라본 달타냥은 깜짝 놀랐다.

삼총사 중의 첫째인 아토스였다. 부상당한 어깨를 또 부닥쳐서 몹시 고통스러운 모양이었다.

"아, 죄송합니다. 급한 일로 달려가다 미처 보지 못했습니다."

달타냥은 황급히 사과했다.

"죄송하다면 다냐? 어라, 이제 보니 대장님의 집무실에서 보았던 시골뜨기로구나."

달타냥은 시골뜨기란 말에 화가 치밀었지만 상대가 총사대의 삼총사 중 맏이였기 때문에 꾹 참았다.

"제가 실수한 게 사실이기 때문에 다시 사과드립니다. 그렇지만 시골뜨기란 말은 듣기 거북하군요."

"꼬맹이 녀석이 건방지구나. 내가 다쳤다고 얕잡아 보는 것이냐? 정말 혼이 나고 싶은가?"

울화통이 터졌지만 칼자국의 사나이를 쫓는 일이 더 급했기 때문에 역시 꾹 눌러 참았다.

"지금 급한 일이 있으니 다시 만나기로 합시다. 그때 저를 혼내시지요."

"좋다. 카름 데쇼 수도원 옆 뜰로 나오너라. 시간은 정오쯤."

"좋습니다. 그때 보지요."

달타냥은 다시 뛰기 시작하였다.

'비겁한 백작 녀석! 아직 멀리 가진 못했겠지?'

달타냥은 광장으로 나가는 대문을 향해 달렸다. 그런데 대문 앞에서 포르토스가 경비병과 마주 서서 무슨 얘기를 나누고 있었다. 달타냥은 두 사람 사이의 공간을 통해 충분히 빠져나갈 수 있을 거란 생각으로 쏜살같이 달렸다.

그러나 그것이 실수였다. 막 두 사람 사이를 빠져나가려는 순

간 바람이 불어와 포르토스의 빨간 망토 자락이 달타냥을 휘감
았다. 그래서 마치 달타냥이 포르토스의 망토 속으로 들어가 숨
은 꼴이 되고 말았다.

"웬 놈이냐? 누가 남의 망토 속으로 들어오는 거냐?"

달타냥은 망토 속에서 허우적거리면서 사과를 했다.

"죄송합니다. 누굴 급히 쫓아가느라 실례를 저질렀습니다."

"아무리 급해도 눈을 뜨고 다녀야지. 자네 눈에는 이렇게 덩치
큰 사람도 보이지 않나?"

달타냥은 슬슬 화가 치밀어 오르기 시작했다.

"물론 눈을 뜨고 다니지요. 그러나 눈을 뜨고 있어도 바람은
보이지 않습니다."

두 사람은 티격태격 말다툼을 하다가 마침내 결투를 약속하고
말았다. 오후 1시, 장소는 뤽상부르 궁전 뒤였다.

광장으로 나온 달타냥은 사방을 두리번거리며 칼자국의 사나
이를 찾았다. 그러나 그림자도 발견할 수 없었다.

"혹시 얼굴에 칼자국이 난 남자를 보았습니까?"

오가는 사람들을 붙잡고 물어보아도 칼자국 난 남자를 보았다
는 사람은 한 명도 없었다.

달타냥은 크게 실망했다. 오늘 오전 동안 한 일을 생각해 보니

모두 후회되는 것뿐이었다. 우선 트레빌 대장에게 인사도 제대로 하지 못한 채 뛰쳐나왔기 때문에 예의 없는 사람으로 보일까 걱정이었고, 그토록 존경하던 삼총사 중 두 사람과 결투를 약속하고 말았다. 삼총사는 프랑스에서도 손꼽히는 검객들이었다. 그들의 칼에 맞아 죽게 될지도 몰랐다.

'좀 더 신중하게 처신했어야 하는데…….'

그러나 때는 이미 늦은 후였다.

'어차피 엎질러진 물, 비굴하게 굴지 말고 당당하게 맞서자. 나는 가스코뉴 사람이야. 용감하게 싸우다 깨끗하게 죽자.'

죽음을 각오하자 한결 마음이 가벼워졌다. 달타냥은 다시 트레빌 대장의 저택을 향해 걸어갔다. 멀리 삼총사 중 막내인 아라미스가 총사 한 명과 이야기하고 있는 모습이 보였다.

달타냥은 잘생긴 아라미스에게서 친근함을 느꼈다.

'나도 저 사람 나이가 되면 저런 멋진 총사가 될 수 있을까?'

아라미스 옆을 지날 때 그의 주머니에서 손수건 한 장이 떨어지는 것이 보였다. 달타냥은 아라미스에게 호감을 갖고 있었으므로 재빨리 손수건을 주워서 건네주었다.

"손수건을 떨어뜨렸군요."

그런데 그것도 실수였다. 아라미스가 떨어뜨린 손수건은 어떤

귀족 부인에게 받은 선물로, 그것이 남의 눈
에 띄는 것을 아라미스가 꺼리고 있었다. 그
런데 눈치 없는 달타냥이 그 손수건의 존재를
알리고 만 것이었다.

"그건 내 것이 아니오."

"그럴 리가요. 방금 주머니에서 떨어지는
것을 보았는데요?"

"내 손수건이 아니라면 아닌 줄 알지 왜 억
지를 부리는 거요?"

"그럼 내 눈이 헛것을 보았다는 말입니까?"

"그건 당신 눈한테 물어보시오."

"당신 이름을 믿고 날 모욕하는 건가요?"

이렇게 두 사람은 서로 굽히지 않고 다투다
가 결국은 결투를 하기로 약속했다. 2시에 트
레빌 대장 저택 앞에서 만나 결투 장소를 정
하기로 했다.

정오 무렵이 되자 달타냥은 아토스와 약속
한 장소로 나갔다.

달타냥이 혼자 나타나는 것을 보고 아토스

가 눈을 둥그렇게 떴다.

"증인은 데리고 오지 않았나?"

당시 프랑스 사람들의 결투에는 규칙이 있었다. 양쪽에서 내세운 증인 앞에서 결투를 하는 것이었다. 물론 결투를 공정하게 하기 위해서였다.

"저는 파리에 온 지 얼마 되지 않아서 트레빌 대장님 말고는 아는 사람이 없습니다."

"그럼 곤란하군. 증인도 없는 사람과 결투를 하는 건 곤란해."

"그건 나도 마찬가지지요. 어깨를 다친 사람과 싸워서 이겨 봐야 명예로운 일이 못 되니까요."

아토스가 얼굴을 찌푸리며 말했다.

"나는 왼손도 오른손처럼 자유롭게 쓸 수 있다네."

"어쨌든 부상당한 사람과 싸우기는 싫습니다. 나에게 기적의 처방전이 있는데, 원한다면 가르쳐 드리지요. 맹세코 사흘 안에 상처가 나을 테니, 그때 결투를 하면 어떻겠습니까?"

"아무튼 고마운 말이네. 하지만 그때 가면 결투를 못 하게 될지도 몰라. 리슐리외 추기경이 결투를 법으로 엄히 금하고 있거든. 어, 내 증인이 이제 나타나는군."

이쪽으로 걸어오고 있는 두 사람을 쳐다본 달타냥은 깜짝 놀랐다. 다름 아닌 포르토스와 아라미스가 아닌가.

"저 두 사람이 당신의 증인이란 말입니까?"

"그렇다네. 우리는 총사대의 삼총사일세. 셋이 항상 함께 움직이지."

기절할 듯이 놀란 것은 포르토스와 아라미스 역시 마찬가지였다.

"아토스! 이 꼬맹이가 자네의 결투 상대란 말인가?"

"그렇게 되었네. 그런데 포르토스, 자넨 왜 그렇게 놀라나?"

"나도 이 친구와 결투를 하기로 했거든."

아라미스도 믿을 수 없다는 얼굴로 말했다.

"그럼 이 어린 녀석이 우리 세 사람 모두와 결투를 하기로 했단 말인가?"

사실은 달타냥 역시 일이 어쩌다 이 지경이 되었는지 알 수 없었다. 다만 확실한 것은 이 세 사람과 한 시간 간격으로 결투를 벌여야 한다는 점이었다. 그리고 결투의 원인은 아토스의 어깨, 포르토스의 빨간 망토, 아라미스의 손수건이었다. 달타냥은 시간을 끌수록 자신에게 불리하다는 것을 느꼈다.

"아토스, 당신이 부상을 입은 상태지만 어쩔 수 없이 싸워야겠군요. 자, 칼을 빼시지요."

마침내 달타냥과 아토스의 결투가 시작되었다. 달타냥의 낯선

검법은 매섭고 날카로웠고, 아토스는 어깨에 입은 부상 때문에 왼손으로 검을 휘둘렀지만 워낙 뛰어난 검객인 까닭에 서로 막상막하였다. 휙, 휙, 검이 공기를 가르는 소리와 챙, 챙, 검이 부딪치는 소리가 수도원 뜰에 가득 찼다.

"잠깐! 정지!"

갑자기 포르토스와 아라미스가 동시에 소리쳤다.

"근위대가 온다. 빨리 칼을 넣어!"

그러나 때는 이미 늦었다. 달려온 추기경의 근위대가 이들을 포위했다. 모두 다섯 명이었다.

"너희는 결투를 금지하는 법을 어겼다. 체포하겠다."

근위대의 대장 쥐사크가 서슬 푸르게 나섰다. 쥐사크는 어젯밤에 삼총사를 공격해 아토스에게 상처를 입힌 사람들 중 한 명이었다. 당연히 아토스는 그에 대해 좋지 않은 감정을 품고 있었다.

"우리 총사대는 근위대의 일에 간섭하지 않는데, 왜 근위대는 우리 일에 사사건건 간섭이냐? 물러가라."

"무슨 소리! 우리는 추기경의 명령에 복종할 뿐이다."

아토스는 근위대가 순순히 물러나지 않을 것이라는 걸 알고 있었다. 그래서 굳은 표정으로 포르토스와 아라미스에게 말했다.

"어차피 이렇게 된 일, 저들을 무찔러서 어젯밤에 땅에 떨어진 삼총사의 명예를 회복하도록 하세."

"그래, 그 수밖엔 없을 것 같네."

포르토스가 칼을 뽑아 들자 아라미스가 걱정스러운 표정을 지었다.

"우리가 이길 수 있을까? 저쪽은 다섯인데 우리는 셋이고, 더구나 아토스가 부상을 당한 상황인데……."

이때 달타냥의 힘찬 목소리가 세 사람의 귀를 때렸다.

"제가 알기론 우리 쪽 사람 수가 네 명인데요!"

"자네, 그렇다면……?"

"저는 아직 총사대는 아니지만, 총사 지원자이니까 마음은 이미 총사나 다름이 없습니다. 저를 받아 주십시오."

아토스가 화끈하게 대답했다.

"좋네. 기꺼이 받아 주겠네. 자네 이름이 무엇인가?"

"예, 달타냥입니다."

"좋다. 포르토스, 아라미스, 달타냥, 결판을 내자!"

곧 4대 5의 싸움이 벌어졌다.

달타냥은 근위대 대장 쥐사크에게 덤벼들었다.

"이런 하룻강아지 같은 놈!"

프랑스에서 널리 알려진 뛰어난 검객 쥐사크는 총사복도 입지 않고 나이도 어린 달타냥을 얕잡아보는 기색이 역력했다. 그러나 달타냥의 이상한 검법에 휘말려 쩔쩔매기 시작했다.

달타냥은 쥐사크 주위를 빙빙 돌면서 칼을 휘두르다가, 번개같이 앞으로 달려들어 칼을 찔러 댔다.

또 눈 깜짝할 사이에 뒤로 물러났다가는 다시 민첩하게 공격을 퍼부었다.

"이런 애송이에게 쩔쩔매다니!"

분해서 허둥대던 쥐사크가 마침내 어깨에 달타냥의 칼을 맞고 쓰러졌다.

"야호, 이겼다!"

난생처음 진짜 검으로 겨룬 승부에서 이긴 달타냥의 달뜬 가슴이 바르르 떨렸다. 주위를 살펴보니 포르토스가 상대를 여유 있게 이기는 모습이 보였고, 아라미스도 이미 한 명을 쓰러뜨린 뒤 다른 한 명에게 공격을 퍼부어 대고 있었다.

'부상을 입은 아토스가 걱정되는데.'

아토스를 찾아보니 부상당한 어깨에서 피를 흘리면서 쩔쩔매고 있었다.

"나에게 맡겨 주시오."

달타냥이 적을 가로막고 나서자 아토스는 고맙다는 눈짓을 재빨리 보냈다. 달타냥은 순식간에 아토스와 싸우던 근위병을 쓰러뜨렸다.

싸움은 근위대가 항복함으로써 삼총사와 달타냥의 승리로 끝이 났다.

달타냥은 이 싸움에서 이긴 것이 무척 기뻤다. 그러나 무엇보다 기쁜 것은 총사대의 삼총사와 친구가 된 것이었다.

총사들의 세계

카름 데쇼 수도원 뜰에서 삼총사가 리슐리외 추기경의 근위대와 결투를 벌였다는 보고를 받은 트레빌 대장은 당장 삼총사를 불러들였다.

"하루가 채 지나지 않았는데 또 그런 짓을 했단 말인가?"

그러나 잠시 후 얼굴 표정을 누그러뜨렸다.

"어쨌든 결투는 칙령으로 금지되어 있으니 다시는 그런 짓을 하지 말게."

트레빌은 평소 리슐리외 추기경이 권력을 마구 휘두르며 국왕까지도 무시하려 드는 것을 못마땅하게 생각하고 있었다. 그런데 그러한 추기경의 근위대를 국왕의 총사대가 코를 납작하게 해 주었기 때문에 내심 흐뭇했다.

트레빌은 국왕도 기뻐하리라 생각하고 루브르궁으로 달려갔다. 교활한 리슐리외가 또 무슨 모함을 하여 삼총사를 위험에 빠뜨릴지 모르기 때문이었다.

아니나다를까, 루이 13세는 매우 기뻐하고 있었다.

"추기경이 이미 다녀갔네. 항의가 대단하더군. 그래 세 명의 총사가 다섯 명의 근위대를 쓰러뜨렸단 말이지? 더구나 한 명은 부상을 입은 몸이었고. 추기경의 얼굴이 볼만하더군."

루이 13세는 막강한 권력을 가지고 정치에 간섭하는 리슐리외 추기경을 싫어했지만, 국민들과 신하들이 그걸 인정하고 있었으므로 어찌할 도리가 없었다. 그러던 차에 자신의 총사대가 추기경의 근위대를 물리쳤다는 소식을 들으니 통쾌하기 그지없었던 것이다.

"삼총사 외에 젊은이가 하나 끼어 있었다고 하는데, 그가 누구인가?"

"달타냥이라고 하는 열여덟 살 난 청년입니다."

"열여덟? 아직 어린애가 아닌가?"

"그렇습니다. 전에 저와 함께 총사대에 있던 친구의 아들인데, 근위대의 쥐사크 대장을 쓰러뜨렸다고 합니다. 달타냥은 총사대에 들어와 국왕 폐하께 충성을 바치려고 파리에 왔습니다. 장차 훌륭한 총사가 될 것입니다.”

“훌륭한 청년이 아닌가! 한번 보고 싶으니 삼총사와 함께 불러 주게.”

이 소식을 전해 듣자 달타냥은 뛸 듯이 기뻤다.

‘이게 꿈인가 생시인가. 나에게 벌써 국왕 폐하를 뵐 수 있는 행운이 찾아왔단 말이지.’

다음 날 달타냥은 트레빌 대장과 삼총사를 따라 루브르궁으로 들어갔다. 달타냥을 본 루이 13세는 믿을 수가 없다는 표정을 지었다.

“어리다는 말은 들었지만 이제 보니 정말 어린애가 아닌가! 그래, 그대가 쥐사크를 쓰러뜨렸단 말이지?”

옆에서 아토스가 한 마디 거들었다.

“그뿐만이 아니옵니다, 폐하.”

“또 뭐가 있단 말인가?”

“예, 폐하. 달타냥이 부상당한 저를 대신하여 싸우지 않았다면 저는 지금 이 자리에 서 있지 못했을 것입니다.”

“이런 훌륭한 젊은이가 있나! 내가 상을 내려야겠다.”

루이 13세는 금화 주머니를 가져오라고 하더니 달타냥에게 주

었다. 그리고 다시 트레빌에게 말했다.

"이런 인재를 그냥 둘 수는 없는 일이 아닌가. 당장 총사로 임명하는 것이 어떤가?"

그러나 트레빌은 고개를 저었다.

"폐하, 저희 총사대에는 2~3년 동안 예비 학교에서 공부를 하거나 큰 공을 세워야만 총사로 임명한다는 규칙이 있습니다. 이 규칙을 어길 수는 없습니다."

"그렇지, 그런 규칙이 있지. 그러면 우선 예비 총사로 임명하는 것이 어떤가. 공을 세우면 그때 총사로 정식 임명하도록 하고 말이야."

"그렇게 하겠습니다, 폐하."

왕은 흐뭇한 미소를 지었다.

"달타냥은 하루빨리 공을 세워 총사로 임명받도록 하라."

"황공합니다, 폐하."

궁을 나오는 달타냥의 가슴은 터질 것만 같았다.

'고향에 계신 아버지가 이 소식을 들으면 얼마나 기뻐하실까?'

눈앞에 출세를 향한 길이 시원스럽게 열려 있는 것 같았다.

달타냥은 왕에게 상으로 받은 금화를 삼총사와 똑같이 나누어 가졌다.

“제가 예비 총사가 되다니 꿈만 같아요.”

포르토스가 껄껄껄 호탕한 웃음을 터뜨리며 달타냥의 어깨를 툭 쳤다.

“축하하네, 달타냥. 자네도 이젠 우리와 형제 같은 사이가 되었네. 우리, 축하 파티를 열도록 하세.”

네 사람은 시내의 고급 식당으로 가서 술과 안주를 시켜 실컷 마시고 먹었다.

“미래의 총사 달타냥을 위해 건배!”

“용감한 달타냥 만세!”

낮에만 해도 목숨을 건 결투를 하려던 사람들이 이젠 한 형제처럼 허물없이 어울렸다.

“이제부터 달타냥, 자네도 우리 삼총사와 생사를 함께할 사람이니 정식으로 소개하겠네.”

포르토스가 자리에서 일어나더니 아토스를 가리켰다.

“저 총사가 바로 아토스, 명문 귀족 출신이지. 이제 서른 살인데, 대단히 현명하고 말이 없는 사람이라네. 쓸데없는 말을 하지 않고 웃지 않기로 유명하지. 앞으로 ‘웃지 않는 아토스’란 말을 자주 듣게 될걸세.”

포르토스는 다음으로 아라미스를 가리켰다.

"아토스 옆에 있는 총사가 아라미스네. 나이는 자네보다 네 살 위이고, 생긴 것은 여자처럼 잘생긴 사람이 칼 다루는 솜씨가 독하고 맵지. 나나 아토스도 검술로는 당할 수가 없다네. 장차 사제가 되려고 성서 속에 묻혀 살면서 하인에게도 자기처럼 검은 옷을 입으라고 가르치는 사람이라네."

포르토스는 끝으로 자기를 가리켰다.

"나는 보다시피 덩치 큰 허풍쟁이로, 언제나 이렇게 웃고 떠들기를 좋아한다네. 내 이름은 포르토스."

실제로 포르토스는 화려하고 사치스러운 생활을 매우 즐기는 사람이었다. 그가 달타냥과 망토 때문에 결투를 하려 한 데는 비밀이 숨어 있었다. 포르토스는 어깨 위에 화려한 보석으로 치장한 가죽 멜빵을 하고 다니며 매우 자랑스럽게 여겼는데, 돈이 부족하여 뒤쪽은 보석 장식을 하지 않은 맨가죽이었다. 그런데 달타냥이 갑자기 망토 안으로 뛰어들자, 뒤쪽의 맨가죽을 확인하여 폭로하려는 것으로 오해했던 것이다.

"총사는 폐하를 호위하는 무사이기 때문에 품위를 지켜야 한다네. 자네도 우리처럼 하인을 두어야 해."

포르토스는 달타냥에게 플랑세라는 하인을 한 명 직접 구해 주었다.

플랑세는 달타냥이 세든 여관 2층 단칸방에서 맨바닥에 자리를 깔고 자야 할 형편이었지만, 불평하지 않았다. 그리고 주인인 달타냥을 잘 받들었다.

달타냥과 삼총사의 우정은 날이 갈수록 깊어졌다.

총사들의 생활은 남들이 보기에는 아주 부럽고 근사했지만 사실은 매우 힘들었다. 날마다 아침 일찍 트레빌 대장의 저택으로 가서 명령을 받고 그날의 임무를 끝내야 했다. 그들은 국왕 폐하와 자신들의 대장인 트레빌을 빼고는 누구에게도 고개를 굽히지 않았다. 때로는 목숨을 건 싸움터에도 용감하게 뛰어들어 죽음을 무릅쓰고 싸웠다. 한마디로 정의와 용기, 그리고 충성심으로 똘똘 뭉친 사람들이었다.

달타냥은 아직 정식 총사가 아니었지만 날마다 삼총사를 따라다니면서 그들을 도왔다. 그리고 총사 정신을 배워서 가슴 깊이 새겨 나갔다. 이와 함께 서로에 대한 믿음과 우정이 날로 깊어만 갔다.

음모

달타냥이 파리로 온 지 석 달이 지난 어느 날 저녁, 상인처럼 보이는 한 사나이가 달타냥을 찾아왔다. 그가 단둘이 이야기하기를 원해 달타냥은 하인 플랑세를 밖으로 내보냈다.

"저는 보나시외라는 사람이며, 당신이 살고 있는 이 집의 주인이기도 합니다."

"아, 그렇군요. 밀린 집세 때문에 오셨습니까?"

"아니, 그렇지 않습니다. 저는 달타냥 씨가 매우 용감하고 지혜롭다는 소문을 들었습니다. 그래서 한 가지 부탁을 드리려고 왔습니다. 제 부탁을 들어주신다면 앞으로 집세를 받지 않겠습니다."

“어려운 부탁인가 보군요. 말씀해 보시지요.”

보나시외는 주위를 살핀 다음 낮은 목소리로 말하였다.

“먼저 이 일에 대해 비밀을 지키겠다고 약속해 주십시오.”

달타냥은 잠시 생각한 다음 순순히 약속했다.

“가문의 명예를 걸고 약속하지요. 비밀은 지키겠습니다.”

“그럼 마음놓고 말씀드리겠습니다. 달타냥 씨, 제 아내를 구해 주십시오.”

“예? 자세히 말씀해 보십시오.”

달타냥은 모험하기를 무엇보다 좋아하는 성미라서 금세 호기심이 확 일었다.

“제 아내가 괴한들에게 납치당했습니다.”

“부인이 납치당했다고요?”

“예. 제 아내는 왕비님을 모시는 시녀입니다. 그런데 며칠 전 일을 마치고 궁에서 나오다 괴한들에게 납치되어 어디론가 끌려갔습니다.”

“누구의 짓인지 짐작 가는 곳은 없습니까?”

“오래전부터 아내의 뒤를 미행해 온 사람이 한 명 있습니다.”

“그 사람의 특징을 설명해 주시겠습니까?”

“키가 크고, 구릿빛 얼굴에 칼자국이 나 있는 사람입니다.”

"칼자국이라고요?"

달타냥은 음, 하고 신음 소리를 삼켰다. 뮝의 여관에서 만났던 그 사나이와 생김새가 비슷하기 때문이었다.

'또 그자인가?'

새삼스럽게 칼자국의 사나이에 대한 복수심이 끓어올랐다. 그러나 지금은 보나시외의 말을 듣는 것이 더 중요했기 때문에 분노를 꾹 눌러 참았다.

"그자가 왜 부인을 납치했을까요?"

"제 아내에게서 무슨 비밀을 캐내려는 것 같습니다."

"비밀? 좀 더 자세히 말씀해 보십시오."

"예, 그러지요. 이 얘기는 왕비님을 가까이에서 모시는 시녀인 제 아내에게서 들은 것입니다. 달타냥 씨도 아시겠지만 요즘 추기경께서 영국과 전쟁을 벌이려 하고 있지 않습니까? 마음이 어진 왕비님께서는 전쟁이 일어나면 많은 백성이 죽고 다칠 것을 염려하여 이를 막으려 하고요. 그러나 국왕께서는 추기경의 세력에 눌려 추기경 생각에 반대하지 못하고 끌려가는 형편이라고 합니다."

"그건 저도 알고 있습니다."

"왕비님께서는 국왕 폐하에게 전쟁을 일으켜서는 안 된다는

말을 해도 받아들여지지 않자, 영국의 버킹엄 공작에게 긴히 의
논할 문제가 있으니 파리로 와 달라는 편지를 보냈다고 합니다.
전쟁을 일으키지 말라는 부탁을 하려는 것이지요. 그런데 이 정
보가 추기경에게 새어 나간 것입니다.

"큰일이군!"

달타냥은 주먹을 불끈 쥐었다.

"추기경은 왕비님과 국왕 폐하를 이간질시키려고 음모를 꾸미고 있는 것 같습니다. 가짜 편지를 보내 버킹엄 공작이 파리에 오면 체포하여, 왕비님이 적과 내통했다는 함정에 빠뜨릴 것입니다."

"추기경은 비겁하고 교활한 자로군."

달타냥은 묑의 여관에서 칼자국의 사나이가 밀레디라는 여인에게 한 말을 떠올렸다.

'영국으로 돌아가시오. 가서 버킹엄 공작이 런던을 떠났는지 확인해 추기경께 보고하시오.'

지금 생각하면 칼자국의 사나이와 밀레디가 리슐리외 추기경의 부하이며, 그들이 왕비를 함정에 빠뜨리기 위해 음모를 꾸미고 있는 것이 분명했다.

"그러니까 칼자국 난 자가 당신 부인을 납치하고, 왕비님의 비밀을 캐내려고 하는 것이로군요."

"그렇습니다. 제 아내를 꼭 좀 구해 주십시오. 무사히 아내를 구해 주시면 집세를 안 받는 것은 물론 돈도 원하시는 대로 드리겠습니다."

"걱정 마시오. 당신 부인을 구하는 것은 바로 왕비님을 구하는 일도 되겠군요. 내가 꼭 구해 내겠소."

"감사합니다. 그리고 이 일이 추기경 측에 알려지면 큰일 납니다. 이 쪽지를 보십시오. 그들이 우리 집 우체통에 넣어 둔 것입니다."

보나시외가 내놓은 쪽지에는 이렇게 씌어 있었다.

부인을 찾지 마라. 일이 끝나면 보내 줄 것이다.
만약 부인을 찾으려고 쓸데없는 짓을 하면 네 목숨은 끝이다.

"흥! 비겁한 놈들!"

쪽지를 읽은 달타냥은 코웃음을 쳤다.

그때 창밖을 내다보던 보나시외가 소리쳤다.

"저기! 저자!"

창밖을 내다본 달타냥은 깜짝 놀랐다.

"아니, 저놈은!"

얼굴에 칼자국이 난, 백작이라고 불리는 바로 그자였다. 그를 본 보나시외는 겁에 질려 아래층 자기 집으로 달아났다.

"당장 거기 서라!"

달타냥은 계단을 타고 총알처럼 달려 내려갔다.

그러나 그 사나이는 어느새 온데간데없었다.

‘쥐새끼 같은 놈! 또 놓치고 말았군.’

다시 2층 방으로 돌아오자 삼총사가 와서 기다리고 있었다.

“어디를 그렇게 급히 뛰어다니나?”

포르토스가 묻자 달타냥은 보나시외에게 들은 이야기를 요약해서 들려주었다.

“이건 보통 일이 아니로군.”

잠자코 듣고 있던 아토스가 입을 열었다.

“그자의 생김새를 들어 보니 로슈포르 백작 같군. 로슈포르는 추기경에게 충성을 바치고 있는데 용맹스럽고 검술이 뛰어나니 조심해야 해. 또 묑의 여관에서 보았다는 밀레디라는 여자는 추기경의 스파이지.”

달타냥이 가슴을 쫙 펴면서 말했다.

“아무리 위험한 일이라고 해도 이대로 물러날 수는 없어요. 어려움에 처한 왕비님을 위해 목숨 걸고 싸우겠어요.”

아토스가 다시 말했다.

“달타냥 자네의 일은 곧 우리의 일일세. 우리 삼총사도 목숨을 걸고 싸우겠네.”

포르토스와 아라미스도 기꺼이 함께 싸울 것을 약속했다.

그때 아까 아래층으로 달아났던 보나시외가 새파랗게 질린 얼굴로 뛰어 들어왔다.

"살려 주십시오! 근위대에서 나를 잡으러 왔어요."

보나시외의 말이 채 끝나기도 전에 근위병 네 명이 달려왔다.

삼총사가 거의 동시에 칼자루에 손을 가져가자 달타냥이 재빨리 말렸다.

"잠깐! 지금은 싸울 때가 아니에요."

근위병 한 명이 앞으로 나섰다.

"우리는 추기경 예하의 명령으로 보나시외를 체포하러 왔소. 비켜 주시오."

달타냥은 보나시외의 귀에 대고 재빨리 속삭였다.

"잠시만 감옥에 가 있으시오. 내가 반드시 구해 주겠소. 약속합니다. 그리고 아까 나에게 했던 말은 누구에게도 절대 말하면 안 됩니다."

그러고 나서 달타냥은 근위대에게 말했다.

"잡아가시오. 집세를 내놓으라고 윽박질러서 성가셨는데 마침 잘되었소."

보나시외가 끌려가고 나자 포르토스는 달타냥에게 핀잔을 주었다.

"살려 달라고 애원하는 사람을 두고 구경만 하고 있다니, 이러고도 우리가 삼총사란 말인가?”

달타냥은 빙그레 웃었다.

“저에게 생각이 있으니 참고 지켜봐 주십시오.”

아토스가 고개를 끄덕였다.

“이 가스코뉴 친구는 생각이 깊고 지혜로우니 기다려 보도록 하세.”

삼총사가 돌아간 다음, 달타냥은 방바닥의 판자를 조금 떼어 내 아래를 감시할 수 있도록 했다.

‘틀림없이 염탐꾼들이 나타날 것이다. 보나시외를 감옥에 가 두고 이 집을 감시하다가, 수상한 사람이 나타나면 잡아가겠다 는 뜻이겠지.’

달타냥은 그것을 역이용할 계획이었다. 그래서 보나시외가 잡 혀가도록 내버려둔 것이었다.

“아래층 방을 감시하다가 누군가 나타나면 곧바로 나에게 알 려야 한다.”

달타냥과 하인 플랑세는 번갈아 가면서 판자 구멍을 통해 아 래층 보나시외의 방을 감시하기 시작했다.

보나시외 부인은 어디로?

보나시외가 잡혀간 다음 날 밤이었다. 갑자기 아래층 보나시외의 집에서 현관문을 거칠게 두드리는 소리가 들리더니, 이어서 우지끈 뚝딱 무엇이 깨지고 부러지는 소리가 들렸다. 그리고 날카로운 여자의 비명 소리가 들려왔다.

'옳지. 올 것이 왔다.'

달타냥은 속으로 쾌재를 부르며 판자 구멍에 귀를 대고 아래층에서 들리는 소리에 모든 신경을 집중했다.

"왜 이러세요? 나는 이 집 주인의 부인이란 말이에요."

이 말에 달타냥의 귀가 번쩍 뜨였다.

'부인? 그토록 찾았던 보나시외 부인이 제 발로 집에 돌아왔

단 말인가?'

"살려 주세요. 내가 왕비 마마의 시녀라는 거 몰라요? 왕비 마마가 아시면 당신들은 크게 혼날 거예요."

여인의 애처로운 목소리에 이어 남자의 크고 거친 목소리가 들려왔다.

"시끄럽다. 우리는 너를 체포하러 왔다."

마침내 여자의 목소리가 신음 소리로 바뀌었다. 입에 재갈이 채워진 모양이었다.

'보나시외 부인을 구해야 한다.'

달타냥은 플랑세를 시켜 삼총사를 모두 부르게 했다. 그리고 계단을 통해 아래층으로 달려갔다.

"남의 집에 들어와 무슨 짓을 하는 거냐?"

달타냥이 나타나자 네 명의 근위병이 움찔 놀라는 기색을 보였다.

"우리는 명령을 받고 이 여자를 체포하러 왔다. 방해하면 너도 체포하겠다."

"나를 체포한다고? 어디, 마음대로 해 보시지."

달타냥은 칼을 뽑아 들고 방 안으로 뛰어들었다.

근위병 네 명이 함께 덤벼들었지만 워낙 몸이 날쌘 달타냥을 당해 낼 수가 없었다.

근위병들은 상처를 입고 비틀거리며 도망을 치고 말았다.

"놀라셨지요?"

달타냥은 부인을 묶은 끈과 재갈을 풀어 주었다. 남편 보나시외와는 달리 어딘지 기품이 있어 보였고 아름다웠다.

"이젠 안심하셔도 됩니다. 부인을 노리던 자들은 제가 모두 물리쳤습니다."

"감사합니다. 그런데 당신은 누구시지요?"

"저는 이 집 2층에 사는 예비 총사 달타냥이라고 합니다. 부인은 납치된 걸로 알고 있는데 어떻게 돌아오셨습니까?"

"어머, 그걸 어떻게 아시지요?"

"보나시외 씨가 제게 도움을 청하면서 말해 주어 알게 되었습니다."

"비밀을 지키라고 그렇게 당부했는데……."

"저는 부인과 보나시외 씨의 편이니 안심하셔도 됩니다."

"네, 나쁜 사람 같아 보이지 않으니까 말하지요. 납치범들이 한눈을 파는 사이에 탈출했습니다."

"혹시 이 집으로 돌아온 건 남편에게 무언가 부탁을 하고 싶어서인가요?"

"그건 아니고, 실은 여기서 어떤 분을 만나기로 했습니다. 그런데 제 남편은 어디 갔어요?"

"보나시외 씨는 근위대에 잡혀갔습니다. 그렇지만 걱정하지 않아도 됩니다. 죄가 없어서 곧 풀려날 거니까요. 그보다는 부인이 더 위험합니다. 근위대가 또 나타날 테니 빨리 피해야 합니다."

달타냥이 조바심을 내며 재촉했지만 보나시외 부인은 망설이고 있었다.

"여기서 어떤 분을 만나기로 했거든요. 기다려야 해요."

"어떤 분이란 누구입니까?"

달타냥의 물음에 표정이 굳어진 부인은 단호하게 한마디로 잘라 말했다.

"안 돼요! 그건 말할 수 없어요. 누구에게도."

"그렇지만 부인, 부인이나 만나기로 한 분이 근위대에 붙잡히면 계획이 모두 물거품이 될 것 아닙니까? 우선 제 친구 집에 가서 숨어 있으세요. 제가 여기서 기다리고 있다가 그 사람이 오면 데려다 드리겠습니다."

"친구란 누구를 말하는 거지요?"

"아마 부인도 아실걸요. 아토스라고, 총사대의 삼총사 중 한

명이지요. 집이 이 근처에 있으니 빨리 가시지요."

"아토스! 그분 집이라면……."

비로소 보나시외 부인은 안심하고 달타냥을 따라나섰다.

아토스는 집에 없었다. 달타냥은 아토스의 하인에게 방 열쇠를 얻어 부인에게 주었다.

"문을 안에서 잠그고 계십시오. 저 말고는 누구도 안으로 들여서는 안 됩니다. 그럼 편히 계십시오."

보나시외 부인을 아토스의 집에 피신시킨 달타냥은 다시 보나시외의 집으로 갔다. 플랑세가 허둥지둥 달려왔다.

"주인님, 큰일 났습니다."

"큰일이라니? 침착하게 말해 보아라."

"예, 주인님."

플랑세가 말하는 내용은 이랬다.

플랑세는 달타냥의 말을 전하기 위해 달려가다 아토스를 만났다. 아토스에게 집으로 급히 오라는 말을 전하고, 다시 포르토스와 아라미스의 집으로 달려갔다. 그러나 두 사람 모두 집에 없어서 다시 돌아오니 아토스가 근위대와 싸우고 있었다. 그런데 아토스는 온 힘을 다해 싸우지 않고 그냥 순순히 잡혀갔다.

"아토스가 잡혀갔다고?"

"예, 주인님. '달타냥, 너를 체포한다.' 하고 말하니까 그냥 말 없이 잡혀갔습니다."

달타냥은 고개를 끄덕였다.

생각 깊은 아토스의 뜻을 알 것 같았다. 달타냥인 체하며 잡혀 가 보나시외 부인을 안전하게 피신시킬 수 있는 시간을 벌어 준 것이었다.

'역시 아토스야!'

달타냥은 보이지 않는 아토스에게 감사의 뜻을 표하고 나서 보나시외 부인이 만나기로 했다는 사람을 기다렸다. 그러나 아 무리 기다려도 그 사람은 나타나지 않았다.

'어떻게 된 거지? 부인은 무사할까?'

슬슬 걱정이 되기 시작했다. 달타냥은 플랑세를 불렀다.

"플랑세, 보나시외 부인과 만나기로 약속한 사람이 오면 아토 스 총사의 집으로 안내해라."

달타냥은 다시 아토스의 집으로 달려갔다. 약속한 대로 방문 에 두 번은 강하게, 한 번은 약하게 노크를 해 신호를 보냈다. 그러나 안에서는 아무런 기척이 없었다.

'잡혀갔나? 그럴 리가 없지.'

손잡이를 돌려 문을 열자 스르르 열렸다. 방 안은 흐트러진 데

없이 잘 정리된 걸로 보아 별다른 반항 없이 스스로 문을 열고 나간 것이 틀림없었다.

'위험할 텐데 도대체 어디에 갔지? 기다리다 지쳐서 마중을 나간 건가?'

달타냥은 급히 아토스의 집에서 나와 자기 집을 향해 걷기 시작하였다.

'오늘은 온종일 숨바꼭질을 하는 날이군. 기다리고 있으라고 신신당부를 했는데…….'

소리 없이 슬그머니 사라져 버린 보나시외 부인이 야속하다는 생각이 들었다. 위험에 빠진 사람에게 도움을 주기 위해 이처럼 지치도록 여기저기 뛰어다니지 않았는가. 그런데 고맙다는 인사는커녕 말 한 마디도 없이 슬쩍 사라져 버리다니…….

허탈한 기분으로 걷고 있던 달타냥이 갑자기 걸음을 우뚝 멈추었다.

멀리 루브르궁 쪽으로 걸어가고 있는 두 사람의 뒷모습이 보였다. 한 사람은 여자였고 또 한 사람은 남자였다. 그런데 두 사람의 뒷모습이 눈에 익었다.

'저 사람들은!'

여자는 가냘픈 몸매와 옷차림으로 보아 보나시외 부인이 분명했고, 남자는 키가 훌쩍 크고 망토 자락을 휘날리며 걷는 모습이 뮝 여관에서 만난 칼자국의 사나이처럼 보였다.

'아니, 저자가!'

달타냥은 두 사람을 향해 득달같이 달려갔다.

"거기 멈추어라!"

두 사람 앞을 가로막고 보니 여자는 역시 보나시외 부인이었다. 남자는 모자를 깊숙이 쓰고 검은 천으로 만든 복면을 두르고 있었는데, 코 밑의 수염이 똑똑히 보였다.

"로슈포르 백작! 그동안 미꾸라지처럼 잘도 도망쳐 다녔지? 오늘 제대로 걸렸다. 훔쳐간 내 추천장부터 내놓아라!"

달타냥은 칼을 뽑고 한 걸음 다가갔다. 검술이 뛰어나기 때문에 만나면 조심해야 한다던 아토스의 말이 떠오르자 싸우려는 의지가 더욱 불타올랐다.

"어서 칼을 뽑아라!"

달타냥이 다가가자 복면을 한 사나이가 칼자루로 손을 가져갔다. 이걸 보고 보나시외 부인이 급히 두 사람 사이를 가로막으며 말했다.

"안 돼요! 공작님, 여기서 이러시면……."

공작님이란 말에 달타냥은 당황했다.

'공작? 그럼 이 사람은 로슈포르가 아니란 말인가?'

달타냥이 머뭇거리고 있는 사이에 보나시외 부인이 달타냥을 향해 말했다.

"이분은 로슈포르 백작이 아니에요. 당신이 실수한 거예요."

"그럼 누구지요?"

"미안해요. 말씀드릴 수가 없어요. 저를 많이 도와주셔서 감사하지만, 지금 우리는 중대한 임무를 맡았답니다."

달타냥은 물러서지 않았다.

"저 역시 보나시외 씨에게 부인을 지켜 주기로 약속을 하였습니다. 제 임무를 완수해야 합니다."

두 사람을 지켜보고 있던 복면의 사나이가 조용히 말했다.

"보아하니 정직하고 용감한 청년 같군요. 우리의 경호를 부탁해도 될 것 같아요."

보나시외 부인은 하는 수 없다는 듯이 복면을 한 사나이의 정체를 밝혔다.

"이분은 영국에서 오신 버킹엄 공작님이십니다."

비로소 달타냥은 정신이 번쩍 들었다. 얼른 한쪽 무릎을 꿇고 예의를 갖추었다.

"몰라뵈어서 죄송합니다. 저는 국왕 폐하의 예비 총사 달타냥이라고 합니다. 실수를 용서해 주십시오.”

버킹엄 공작은 달타냥의 손을 잡아 일으켜 세웠다.

“달타냥, 사과할 것까지는 없소. 나는 지금 중대한 일로 왕비님을 뵈러 가는 길이오. 리슐리외 추기경의 부하들에게 발각되면 문제가 생기기 때문에 이렇게 남의 눈을 피해서 가는 중이오. 혹시 궁까지 나를 경호해 주지 않겠소? 프랑스와 영국을 위한 일이오.”

“예, 제가 경호해 드리겠습니다.”

달타냥은 버킹엄 공작과 보나시외 부인의 뒤를 따르면서 주위를 살폈다. 근위대가 나타나면 당장 뛰어나가 목숨을 걸고 두 사람을 보호할 생각이었다.

다행히 가는 도중 버킹엄 공작을 가로막는 사람들은 없었다. 이윽고 루브르 궁전의 뒷문이 나오자 버킹엄은 달타냥에게 감사의 뜻으로 목례를 했다. 그런 뒤 두 사람은 루브르궁 안으로 모습을 감추었다.

안느 왕비와 버킹엄 공작

보나시외 부인은 궁 안 사람들의 눈을 피해 비밀 통로를 지나고, 여러 개의 문을 지나 자그만 방으로 버킹엄 공작을 안내했다. 방 안에는 작은 램프 하나가 켜져 있었다.

"여기서 기다려 주세요. 왕비님께서 곧 오실 것입니다."

"알겠소. 수고가 많소."

보나시외 부인이 나가자 버킹엄은 의자에 앉았다. 이제 곧 아름다운 안느 왕비를 만나게 될 것을 생각하니 가슴이 뛰었다.

버킹엄 공작은 영국의 재상으로, 국왕의 두터운 신임을 받는 사람이었다. 서른다섯의 젊은 나이였지만 지략과 판단력, 결단력이 뛰어나 국가의 중요한 일들을 척척 잘 처리했기 때문에 백성들과 관리들의 신뢰도 높았다. 거기다 훤칠한 키에 풍채가 좋고 용모가 준수했으며, 칼 솜씨가 뛰어나기로 나라 안팎에 이름이 높았다.

머칠 전 버킹엄 공작은 프랑스 왕비의 편지를 전달받았다. 관찰력이 남달랐던 그는 그 편지가 가짜임을 바로 알아차렸다.

'리슐리외 추기경의 음모다.'

버킹엄 공작은 왕비와 리슐리외 추기경의 사이가 나쁘다는 것을 알고 있었다.

'나를 불러들여 프랑스 왕과 왕비의 사이를 멀어지게 하고, 결국은 나를 없애려는 계략이야.'

프랑스로 가면 많은 위험이 따를 것이 틀림없었다. 그러나 그는 평소 서로 이해하고 존경하는 사이인 안느 왕비를 꼭 한 번 만나고 싶었다. 그래서 목숨을 건 모험을 벌인 것이었다.

공작은 혼자 배를 타고 프랑스로 건너왔다. 리슐리외 추기경의 계략을 역이용해 왕비의 충성스러운 시녀인 보나시외 부인을 만났고, 그녀의 도움으로 비밀 장소에 몸을 숨겼다가 마침내 궁 안까지 온 것이었다. 물론 여기에는 뜻밖의 도움을 준 달타냥이라는 청년의 공도 있었다.

이윽고 커튼이 열리면서 안느 왕비가 모습을 나타냈다. 안느 왕비는 눈이 부실 정도로 아름다웠다. 에메랄드빛 맑은 눈에서는 상냥함과 위엄이 함께 느껴졌고, 장밋빛 자그만 입술에는 우아한 미소가 어려 있었다. 이제 스물여섯의 싱그러운 젊음과 세련되고 품위 있는 자태가 새하얀 드레스와 더불어 아름답게 빛을 발해 공작은 그만 넋을 잃었다.

그동안 무도장이나 연회석에서 몇 번 본 적이 있지만 그 어느 때보다 아름다운 모습이었다. 왕비의 등 뒤에는 에스파냐에서 데려온 시녀들 중에서 리슐리외 추기경의 갖은 모략과 학대에도 아직 쫓겨나지 않은 단 한 명의 시녀인 도냐 에스테파니아가 조용히 서 있었다.

"아름다우신 왕비님."

버킹엄 공작은 한쪽 무릎을 꿇고 왕비의 드레스 자락에 입을 맞추었다.

"오시느라 수고가 많으셨지요?"

왕비는 목소리도 노래처럼 맑고 고왔다.

"별말씀을요."

"제 편지가 아니라는 걸 아셨나요?"

"예, 왕비님. 알고말고요. 누구의 계략인지도 다 알고 있었습니다."

"그런데도 위험을 무릅쓰고 오셨군요. 감사합니다."

"천만에요. 왕비님을 뵐 수만 있다면 어떤 위험 속이라도 뛰어들 수 있습니다."

안느 왕비는 환한 미소를 지었다.

"저를 그렇게 아껴 주셔서 감사합니다. 공작님, 우리 프랑스의 내부 사정을 알고 계시나요?"

"예, 왕비님. 정보원으로부터 들어서 잘 알고 있습니다."

"그렇군요. 저는 지금 어려운 처지에 놓여 있답니다. 리슐리외 추기경의 이간질로 국왕 폐하와 제 사이가 멀어지고 있는데, 제가 전쟁을 반대하자 추기경은 저를 궁에서 내쫓기 위해 갖은 모략을 다 꾸미고 있어요. 제가 폐하나 추기경에게 미움을 받는 건 괜찮지만, 전쟁이 일어나는 일만은 결코 막아야 한다고 생각합니다. 또다시 두 나라 사이에 전쟁이 벌어진다면 얼마나 많은 사람들이 희생당하겠습니까?"

"저도 그렇게 생각합니다."

왕비는 공작에게 간절한 눈빛을 보냈다.

"추기경은 지금 전쟁을 강하게 주장하고, 폐하는 권력을 잡고 있는 그에게 밀리고 있습니다. 전쟁이 눈앞에 닥쳐왔는데, 제가 믿을 수 있는 사람은 오직 공작님밖에 없습니다. 공작님, 전쟁을 막아 주십시오. 제발 가엾은 두 나라 백성들을 전쟁이란 지옥의 불구덩이 속에서 구해 주십시오. 간절히 부탁드립니다, 공작님.”

왕비의 간절한 부탁에 버킹엄 공작은 큰 감명을 받았다.

“백성을 사랑하는 왕비님의 어진 마음에 경의를 표합니다. 저도 왕비님과 같은 생각입니다. 두 나라 사이에 전쟁이 일어나지 않도록 최선을 다할 것을 약속합니다.”

“감사합니다. 공작님의 은혜를 평생 잊지 않겠습니다.”

안느 왕비는 등 뒤의 시녀에게 눈짓을 했다. 그러자 시녀가 장미나무로 만든 조그만 상자 하나를 내려놓았다.

“양국의 평화를 약속하는 징표로 드리겠습니다. 어서 열어 보세요.”

버킹엄 공작은 떨리는 손으로 장미나무 상자를 열었다. 안에는 보석 목걸이가 들어 있었다. 목걸이 줄에 박힌 열두 개의 다이아몬드가 찬란하게 빛을 뿜어냈다.

“오오, 이렇게 아름다운 목걸이를!”

공작은 감격에 찬 목소리로 말했다.

“왕비님의 고귀한 뜻을 평생 귀하게 간직하겠습니다.”

왕비의 목걸이는 루이 13세가 생일 선물로 준 것이었다.

거기 박힌 다이아몬드는 한 알만 가지고도 작은 나라 하나를 살 수 있을 정도로 값비싼 보석이라는 소문이 나 있었다.

버킹엄 공작은 다이아몬드 목걸이가 든 장미나무 상자를 소중히 간직했다.

"이제 영국으로 돌아가세요."

왕비가 손을 내밀자 공작이 입을 맞추었다.

"여긴 위험해요. 부디 몸조심하시고, 무사히 영국으로 돌아가셔야 해요."

"예, 왕비님. 왕비님도 부디 몸조심하세요."

버킹엄 공작은 왕비에게 작별 인사를 하고 방에서 빠져나왔다. 복도에서 기다리고 있던 보나시외 부인이 나가는 길을 안내해 주었다.

버킹엄 공작이나 왕비는 자신들의 만남이 철저한 비밀 속에 이루어졌다고 믿었다. 그러나 이 두 사람의 만남을 처음부터 끝까지 어둠 속에서 지켜보고 있는 눈이 있었다. 왕비와 공작이 사라지고 나자 그 눈의 주인도 커튼 뒤로 조용히 사라졌다.

상인 보나시외와 로슈포르 백작

바스티유 감옥에 있는 차디찬 감방에서 50세 정도 된 늙수그레한 사나이가 오들오들 떨고 있었다.

그는 다름 아닌 달타냥의 집 주인이자 상인인 보나시외였다. 달타냥이 보는 앞에서 근위병들에게 체포된 뒤 바스티유 감옥에 갇히게 되었다.

"보나시외, 나와!"

간수가 소리치자 보나시외는 벌벌 떨면서 따라 나갔다.

"당신이 보나시외인가?"

취조관은 자그마한 눈으로 마치 상대의 마음 밑바닥까지 꿰뚫어볼 수 있다는 듯이 쏘아보면서 냉랭한 목소리로 말했다.

“예, 예, 나리.”

“당신에게는 아내가 있지?”

“예, 있었습니다.”

“있었다니? 지금은 없단 말인가?”

“그렇습니다. 누구에겐가 납치당해 지금은 집에 없습니다.”

취조관이 발을 꽝 굴렀다.

“무슨 소릴 하는 거야? 당신은 2층에 사는 달타냥과 짜고 부인을 어디론가 빼돌렸어. 그렇지?”

“아, 아닙니다. 제가 왜 그런 짓을 하겠습니까?”

“나는 추기경 예하의 명령을 받고 취조하는 거다. 추호라도 거짓이 있으면 당장 사형을 당할 테니 바른 대로 대답해라. 부인을 빼돌렸지?”

보나시외는 사색이 되어 땀을 뻘뻘 흘렸다.

“아닙니다. 정말 아닙니다.”

“여기 달타냥이 잡혀와 있는데, 만나게 해 주어도 되겠느냐?”

“예, 예. 저는 달타냥에게 제 아내를 찾아 주면 밀린 집세를 안 받겠다고 했습니다.”

취조관이 경관에게 달타냥을 데려오라고 말했다.

잠시 후 아토스가 끌려왔다.

"이 사람을 알지?"

보나시외가 아토스를 알 까닭이 없었다.

"모르는 사람입니다."

취조관이 버럭 화를 냈다.

"모르다니, 한집에 사는 사람을 모른단 말인가?"

"예, 정말 모릅니다. 저 사람은 달타냥이 아닙니다."

"뭐야, 달타냥이 아니라고? 그럼 누구란 말이냐?"

아토스가 빙그레 웃으며 말하였다.

"내가 달타냥이 아니라고 여러 번 말하지 않았소? 당신들이 믿지 않았을 뿐이지. 나는 아토스요. 죄 없이 잡혀온 거요."

취조관이 어이없다는 표정을 지었다.

그걸 보며 아토스가 말했다.

"왜 나를 풀어 주지 않는 거요? 내가 달타냥이 아니라는 것이 확실하게 밝혀지지 않았소? 국왕 폐하의 총사를 이유 없이 가두다니, 나는 이 사실을 트레빌 대장님께 알려야겠소."

취조관이 난처한 표정을 지으며 소리쳤다.

"둘 다 끌고 가."

아토스가 어디론가 끌려가고, 보나시외는 다시 지하 감옥에 갇혔다.

'여기서 꼼짝없이 죽는구나. 아내는 도대체 어디로 간 거지?'

보나시외는 불안한 마음에 사로잡혀 잠을 이룰 수 없었다.

다음 날 밤, 보나시외는 마차에 실려 어디론가 끌려갔다.

"어디로 데려가는 겁니까? 사형장인가요?"

"시끄러워! 잠자코 있지 못해?"

보나시외는 이젠 죽었다 싶어서 눈물을 줄줄 흘렸다. 아내를 원망하는 마음이 저절로 생겨났다. 아내가 그런 위험한 일을 하지 않았더라면 자신이 이렇게 비참한 꼴을 당하지 않았으리라고 생각했기 때문이다.

마차가 멈춘 곳은 어느 커다랗고 훌륭한 저택이었다. 보나시외는 사형장이 아니라는 데 우선 마음을 놓았다.

화려하게 꾸며진 방 안으로 끌려가 기다리고 있으니, 잠시 후 한 사나이가 나타났다. 깡마른 얼굴과 체구에 눈빛이 매우 날카로웠다. 서른예닐곱 살밖에 안 되어 보이는데도 머리칼과 수염이 희끗희끗했다. 칼을 차고 있지 않았지만 군인처럼 보였고, 쏘아보는 듯한 눈빛이나 전체적인 분위기가 감히 접근하기 어려운 위엄을 풍기고 있었다.

"그대가 반역죄로 잡혀온 보나시외인가?"

"보나시외는 맞지만, 반역죄는 짓지 않았습니다."

보나시외는 눈앞에 있는 사나이가 리슐리외라는 사실을 모르고 있었다.

"부인에게 무슨 이야기를 듣지 않았는가?"

"추기경께서 버킹엄 공작을 없애려고 가짜 편지를 보냈다는 말을 들었습니다. 그것뿐입니다."

보나시외는 어떻게든 살아야겠다는 생각에 아내에게 들은 말을 사실대로 말했다.

"부인이 납치되었다고 했지? 그대는 부인을 납치한 사람이 누군지 알고 있는가?"

"이름은 모르지만 얼굴을 보면 알 수 있습니다."

리슐리외는 시종을 시켜 누군가를 불렀다.

잠시 후 나타난 사람은 바로 로슈포르 백작이었다. 얼굴에 난 칼자국이 불빛에 반사되어 흉측해 보였다.

"저 사람입니다. 저 사람이 제 아내를 납치해 갔습니다."

로슈포르는 보나시외의 말을 들은 체 만 체하고 리슐리외에게 예의를 표했다.

"부르셨습니까?"

보나시외는 상인답게 눈치가 빨랐다. 눈앞에 있는 깡마른 사나이가 바로 추기경이라는 것을 금세 알아차렸다. 그리고 눈앞

에 벌어진 이 일을 추기경이 꾸민 것이라면, 부인을 납치한 사람이 누군지 안다고 말함으로써 곧 죽음에 이르고 말 것이라는 사실도 깨달았다.

"부인을 납치한 사람이 이자라고 했나?"

리슐리외가 묻자 보나시외는 황급히 두 손을 내저었다.

"아닙니다. 아니에요. 자세히 보니 저 사람이 아닙니다."

"흥! 그렇겠지."

리슐리외는 싸늘한 미소를 지으며 눈짓을 했다. 그러자 시종들이 보나시외를 밖으로 끌고 나갔다.

"어찌되었나?"

두 사람만 남자, 리슐리외는 로슈포르에게 손짓하여 가까이 불렀다.

"어젯밤 두 사람이 만났습니다."

"만났단 말이지? 공작이 어떻게 궁 안으로 들어갔지?"

"보나시외 부인이 안내해 주었다고 합니다. 그 여자를 확실하게 처치했어야 하는 건데, 죄송합니다."

"아니야. 오히려 잘된 일인지도 몰라. 염탐은 누가 했나?"

"라노아 부인입니다. 몰래 커튼 뒤에 숨어서 그들을 지켜보았다고 합니다."

"두 사람이 한 얘기는?"

"전쟁을 막아야 한다는 얘기를 나누었고, 왕비가 평화의 징표로 장미나무 상자에 든 다이아몬드 목걸이를 주었다고 합니다."

"다이아몬드 목걸이를?"

리슐리외의 날카로운 실눈이 더욱 예리하게 빛났다.

"그 목걸이라면 폐하가 왕비께 생일 선물로 준 것이 아닌가."

리슐리외는 눈을 감고 무언가 생각에 잠겼다가 잠시 후 다시 번쩍 떴다.

"보나시외를 부르고 자네는 나가 있게."

로슈포르가 나가고 보나시외가 다시 들어왔다.

"그대는 살고 싶은가?"

"예, 예, 추기경 예하, 그저 살려만 주십시오."

보나시외는 리슐리외의 발밑에 엎드려 애걸복걸했다.

"사실은 그대에게 죄가 없다는 것을 이제 알았네. 죄 없는 사람에게 고통을 준 것에 대한 사과일세. 받게."

리슐리외가 금화가 가득 든 주머니를 던져 주자 보나시외는 눈을 둥그렇게 떴다.

"이걸 정말 저에게 주시는 것입니까?"

"날 못 믿겠는가? 앞으로 내 말을 잘 들으면 더 많이 주겠네."

“감사합니다. 감사합니다. 살려 주신 은혜만 해도 태산 같은데 이런 것까지! 저는 이제 오직 추기경님께 충성을 다 바치겠습니다. 무슨 일이든 시켜만 주십시오.”

보나시외는 손을 비벼 대며 수없이 머리를 조아렸다.

“그런가? 그렇다면 조그만 부탁을 하나 하겠네. 자네를 곧 풀어 줄 테니 집으로 돌아가 부인을 잘 살펴보게. 누구를 만나는지 나에게 알려 주고, 또 부인이 궁 안의 일에 대해 이야기하면 그걸 바로 나에게 알려 주게. 이건 모두 국왕 폐하와 나라를 위한 일이니 절대 비밀로 해야 하네. 만약 비밀이 탄로 나면…….”

리슐리외가 말을 끊고 매서운 눈초리로 쏘아보았다. 그걸 본 보나시외는 자라목을 했다.

“여부가 있겠습니까. 이 일은 하느님과 추기경님과 저밖에 모릅니다. 걱정하지 마십시오.”

“됐네. 나가 보게.”

보나시외는 시종을 따라 허둥지둥 사라졌다.

‘나에게 충성을 바칠 개 한 마리가 또 늘었군.’

리슐리외는 다시 로슈포르를 불러들였다.

“전령 중에 가장 믿을 만한 자가 누구인가?”

“비트레유라면 믿을 수 있습니다.”

리슐리외는 편지 한 통을 내놓았다.

"이 편지를 비밀리에 밀레디에게 전하라고 하게. 만약 도중에 발각되면……."

"비트레유라면 스스로 목숨을 끊을 것입니다."

리슐리외는 만족스러운 미소를 지었다.

"그래야겠지. 로슈포르, 자네도 편지를 읽어 보게. 자네도 알고 있어야 할 일이니까."

"예, 예하."

로슈포르는 편지를 읽었다.

편지에는 이런 내용이 씌어 있었다.

밀레디에게

버킹엄 공작이 참석하는 무도회에 나갈 것.

공작에게 12개의 다이아몬드가 달린 목걸이가 있을 테니

그에게 접근해 다이아몬드 두 개를 훔쳐 낼 것.

다이아몬드를 손에 넣으면 즉시 연락할 것.

다이아몬드 목걸이

리슐리외가 루이 13세를 뵈러 궁으로 갔을 때 트레빌 대장이
와 있었다.

"폐하, 폐하의 총사를 죄도 없이 감옥에 가두다니요, 이게 말
이 되는 일입니까? 이것은 폐하에 대한 모욕이요, 저에 대한 모
욕입니다."

트레빌은 가스코뉴 사람답게 솔직하게 감정을 표현했다. 그
탓에 분노로 얼굴이 붉으락푸르락했다.

"그런 일이 있었던가? 짐은 모르고 있었네."

"추기경께 물어보십시오. 저의 부하 아토스가 아무런 죄도 없
이 바스티유 감옥에 갇혀 있습니다. 그렇지요, 추기경 예하?"

리슐리외는 가슴이 뜨끔하였지만, 곧 냉정을 되찾고 선심을 쓰는 체 말하였다.

"제 부하들이 착각을 하고 그렇게 한 모양입니다. 폐하께서 석방 명령을 내리시지요."

"아토스를 당장 석방하도록 하라."

석방 명령이 떨어지자 트레빌은 비로소 예의를 표하고 궁을 나갔다.

"가스코뉴 사람들은 정직하지만 성미가 좀 급하지요?"

국왕과 둘만 남자, 리슐리외는 농담으로 분위기를 바꾼 다음 갑자기 목소리를 낮추었다.

"폐하, 버킹엄 공작이 몰래 다녀갔다고 합니다."

루이 13세의 얼굴이 새파랗게 질렸다.

"영국의 재상이 프랑스 파리를 몰래 다녀갔다니, 그게 무슨 말인가? 대체 누구를 만났나? 그리고 목적은 무엇인가?"

루이 13세는 안느 왕비와 버킹엄 공작의 사이를 의심하고 있었다. 두 사람이 평소 서로 존경하며 가까이 지내는 것을 질투하고 못마땅해 했다. 이것을 이용하려는 것이 리슐리외의 계략이었다.

"누군가를 만나서 정치적 계략을 세운 것 같습니다."

“상대는? 왕비인가?”

리슐리외는 일부러 놀라는 체했다.

“폐하, 그럴 리가 있습니까? 왕비 마마는 정숙한 분입니다. 그리고 국왕 폐하와 백성들을 누구보다 사랑하시는 분입니다.”

리슐리외는 자신의 음모를 국왕이 눈치채지 못하게 일단 왕비 편을 들었다.

“다만 폐하, 요즘 백성들 사이에 심상치 않은 소문이 떠돌고 있어서 걱정입니다.”

“소문이라니, 그게 무슨 말이오?”

리슐리외는 정색을 했다.

“폐하, 이 리슐리외가 이간질을 해서 폐하와 왕비 마마의 사이가 좋지 않다는 것입니다. 폐하, 정말 그렇습니까?”

“어찌 그런 소문이……?”

“그러니 폐하, 왕비 마마와 좀 더 정답게 지내시는 게 좋을 듯합니다. 그래야 백성들과 신하들이 안심하고 나라에 충성을 바칠 수 있을 것입니다.”

“그 말이 맞소. 내가 어떻게 하면 되겠소?”

리슐리외는 눈을 빛냈다. 일이 자신의 계략대로 돌아가고 있었다.

“폐하, 곧 시청 앞 광장에서 큰 무도회가 열립니다. 무도회에 폐하와 왕비 마마께서 함께 참석하시면 백성들 사이에 떠도는 소문이 헛소문이라는 것을 증명할 수 있지 않겠습니까?”

“좋아, 그렇게 하지.”

“그리고 폐하. 두 분의 사이가 더욱 정다워 보이려면 이렇게 하시는 것이 좋을 듯합니다.”

“어떻게 말이오?”

“전에 폐하께서 왕비 마마 생신 때 다이아몬드 목걸이를 선물 하셨다는 소식은 백성들 사이에 널리 알려져 있습니다. 왕비 마마께서 그 목걸이를 하고 오시면 백성들과 신하들이 두 분 사이 를 더욱 좋게 볼 것입니다.”

“그렇겠군. 그렇게 하겠소.”

“폐하, 왕비 마마께 꼭 다이아몬드 목걸이를 걸고 나오시라고 부탁하십시오.”

“그 목걸이가 그렇게 중요한가? 그렇게 하겠소.”

리슐리외는 회심의 미소를 지었다.

왕비는 이미 다이아몬드 목걸이를 버킹엄 공작에게 선물했다. 그러니 목걸이를 가지고 있을 리가 없었다. 왕비는 무도장에 목 걸이를 하고 오지 못할 것이다. 설혹 목걸이가 되돌아온다고 하

더라도 이미 밀레디에 의해 다이아몬드 두 개가 사라져 버린 뒤
일 것이다. 그러면 국왕이 목걸이의 행방을 캐묻게 될 것이고,
결국 안느 왕비는 파멸의 구렁텅이로 굴러 떨어질 것이다.

리슐리외의 이러한 흉계를 알 리 없는 루이 13세는 왕비를 찾
아갔다.

"그동안 내가 왕비에게 신경을 쓰지 못했소."

안느 왕비는 모처럼 찾아온 국왕 루이 13세를 환하게 웃으며
반겼다.

"어서 오세요, 폐하. 무슨 즐거운 일이 있습니까? 얼굴빛이 참
좋으십니다."

"그래요? 내가 한 가지 부탁이 있어서 왔소. 곧 시청 앞 광장
에서 큰 무도회가 열린다는데, 함께 참석하도록 합시다. 백성들
이 우릴 뜨겁게 환영해 줄 거요."

"네, 준비하고 있겠습니다. 즐거운 자리가 될 것 같군요."

왕비는 모처럼 찾아온 왕이 기분 상하지 않게 하려고 흔쾌히
대답하였다. 그런데 왕의 다음 말이 왕비의 귀를 때렸다.

"기꺼이 응해 주어서 고맙소. 나올 때 꼭 목걸이를 하고 오도
록 하시오."

"목걸이라면?"

왕비의 얼굴이 핼쑥해졌다.

"전에 내가 생일 선물로 준 것 있잖소. 다이아몬드가 열두 개 박힌 목걸이 말이오. 그걸 하고 나와야 백성들이 좋아할 거라고 리슐리외 추기경이 신신당부를 하더군요."

안느 왕비는 눈앞이 캄캄해졌다. 그리고 비로소 이것이 리슐리외의 흉계라는 것을 깨달았다. 온몸에 힘이 쫙 빠지고 식은땀이 배어났지만 왕 앞이라 가까스로 참았다.

"그날, 아름답게 차리고 오도록 하시오. 목걸이 잊지 말고."

루이 13세가 나가고 나자 안느 왕비는 쓰러지듯 의자에 힘없이 주저앉았다.

'이 일을 어떡하지? 목걸이를 공작님께 선물한 것이 탄로 나면 나는 파멸인데…….'

안느 왕비는 에스파냐 왕가 출신인데다 오스트리아 왕가와도 친척 관계였다. 그런데 당시 프랑스는 에스파냐나 오스트리아와 적대 관계여서 왕비에 대한 백성들이나 신하들의 감정이 그리 좋지 않았다. 그런데 역시 적대 관계인 영국의 재상에게 목걸이를 선물한 것이 왕이나 다른 사람들에게 알려지면 그야말로 적과 내통한 것이 된다. 추방을 당하거나 사형을 당하게 될지도 몰랐다.

　도움을 청할 만한 사람을 찾아보아도 그럴 사람이 왕비 옆에는 아무도 없었다. 교활한 리슐리외가 에스파냐 왕궁에서 데려온 시녀들을 모두 없애 버리고, 지금은 추기경의 부하들만 우글거리며 호시탐탐 왕비를 감시하고 있었다.

　'오, 하느님! 이 일을 어떡하지요?'

　왕비가 절망에 빠져 있을 때였다.

　"왕비 마마, 힘을 내십시오."

　조용한 목소리가 들려왔다. 옷 시중을 드는 시녀 콩스탕스였다. 콩스탕스는 보나시외란 사람의 부인으로서 버킹엄 공작을 비밀리에 궁까지 안내해 주었던, 안느 왕비의 하나뿐인 충신이었다.

　"왕비 마마의 옷을 정리하다가 우연히 국왕 폐하의 말씀을 들었습니다. 시간이 급하니 한시바삐 움직이셔야 합니다."

　"어떻게 하면 좋겠느냐?"

　"공작님께 편지를 보내 목걸이를 돌려달라고 하십시오. 지금으로서는 그 방법밖에 없습니다."

　"편지는 누가, 어떻게 전하고?"

　"제 남편을 시키겠습니다. 제 남편은 어수룩해서 남의 눈에 잘 띄지 않기 때문에 그 일을 하는 데 알맞을 것입니다. 왕비 마마,

편지를 써 주십시오. 어서요."

왕비는 떨리는 손으로 급히 편지를 썼다. 지금으로서는 믿고 기댈 수 있는 사람이 오직 콩스탕스 한 사람뿐이었다.

"왕비 마마, 안심하고 기다리십시오. 곧 목걸이가 되돌아올 것입니다."

보나시외 부인은 편지를 감추고 재빨리 궁에서 빠져나갔다.

한편, 리슐리외 추기경은 런던 소인이 찍혀 있는 한 통의 편지를 받았다.

그것을 손에 넣었습니다.

돈이 부족해 런던을 떠날 수 없습니다, 돈을 넉넉히 보내 주십시오.

돈이 도착하면 곧바로 런던을 떠나 파리에 도착하겠습니다.

리슐리외는 로슈포르를 시켜 바로 런던으로 돈을 보냈다.

달타냥, 삼총사와 함께 출동하다

남편이 추기경의 앞잡이가 된 줄을 꿈에도 모르는 보나시외 부인은 궁을 나오자 급히 집으로 갔다. 보나시외는 감옥에서 풀려나와 기다리고 있었다.

"잡혀갔다고 들었는데 어떻게 풀려났어요?"

"죄가 없으니 당연히 풀려나야지. 당신이 위험한 일을 하는 바람에 내가 얼마나 고생을 했는지 아오?"

"미안해요. 그보다 급한 일이 하나 있어요. 편지를 가지고 런던에 다녀오세요."

"편지? 무슨 편지?"

"아주 높은 분의 편지예요. 다녀오면 많은 상금을 주실 거예요. 어서 떠나세요.”

“상금이라고? 그딴 건 이제 필요 없어요. 당신 또 무슨 음모를
꾸미는 모양인데, 그런 일에 끼지 말라고 추기경께서 신신당부
하셨소.”

보나시외 부인의 얼굴이 창백해졌다.

“추기경이라고요? 당신, 추기경을 만났어요?”

보나시외는 의기양양하게 가슴을 쫙 폈다.

“만났지. 만나서 아주 중대한 이야기를 나누고, 돈까지 듬뿍
받았소. 난 이제 추기경 예하를 위해 일할 거요.”

보나시외 부인은 온몸에 힘이 쫙 빠졌다. 남편이 추기경의 염
탐꾼이 된 것이 분명했고, 잘못하다가는 이 비밀이 추기경의 귀
에 들어갈 판이었다.

“참, 잊고 있는 게 있었군. 잠깐 나갔다 오겠소.”

보나시외가 허둥지둥 밖으로 나갔다.

‘추기경에게 밀고를 하러 간 건 아닐까? 이 일을 어쩌지? 왕비
마마는 나만 믿고 계시는데.’

보나시외 부인이 이러지도 저러지도 못하고 발을 동동거리고
있을 때였다. 천장에서 젊은 남자의 목소리가 들렸다.

“부인, 달타냥입니다.”

천장에 뚫린 판자 구멍으로 달타냥의 얼굴이 보였다.

"골목 쪽으로 통하는 작은 문을 열어 주십시오. 내려가서 말씀 드리겠습니다."

문을 열어 주자 곧 달타냥의 늠름한 모습이 나타났다.

"부인, 그 편지는 제가 전해 드리겠습니다."

"우리 말을 엿들었군요?"

"보나시외 씨에게서 수상한 점이 보여 지켜보고 있었습니다. 어서 편지를 주십시오. 추기경이 이 사실을 알면 근위대를 보내 편지를 빼앗으려 할 것입니다."

"내가 당신을 어떻게 믿지요?"

"부인, 저는 국왕 폐하와 트레빌 대장님을 위해 목숨을 바쳐 충성하기로 맹세한 예비 총사입니다. 더구나 저는 가스코뉴 사람입니다. 가문의 명예를 걸고 왕비님께 충성을 바치겠습니다."

"아, 하느님이 왕비 마마를 도우시는군요."

보나시외 부인은 서둘러 왕비 마마의 편지를 꺼내 달타냥에게 건네주었다.

"당신만 믿어요. 왕비 마마를 위해 부디 성공해 주세요."

"무도회가 10월 3일에 열린다지요? 그 안에 꼭 목걸이를 찾아 오겠습니다."

달타냥은 왕비의 편지를 품속 깊숙이 간직했다.

"부인께서는 다시 궁으로 돌아가십시오. 언제 근위대가 나타날지 모르니까요. 저는 지금 당장 떠나겠습니다."

달타냥은 음흉한 리슐리외 추기경으로부터 왕비와 프랑스 왕실을 지켜야 한다는 사명감으로 불타올랐다.

'트레빌 대장님께는 보고를 하고 떠나는 게 좋겠어.'

달타냥은 트레빌 대장을 찾아갔다.

"대장님, 휴가를 좀 주십시오."

"갑자기 그게 무슨 소린가? 휴가는 왜?"

"런던에 좀 다녀올 일이 생겼습니다."

"런던? 급한 일인가?"

"예, 왕비님의 운명이 걸리신 일입니다. 사실은 왕비님의 편지를……."

"잠깐!"

갑자기 트레빌이 말을 가로막았다.

"자네는 그런 중대한 비밀을 누구에게 말해도 괜찮다고 왕비님께 들었나?"

"아닙니다. 누구에게도 비밀로 하기로 했습니다."

"그런데 왜 나에게 말하는 건가?"

"대장님은 비밀을 지켜 주실 분이고, 또 제가 가장 존경하는 분이기 때문입니다."

"무슨 소리! 한 번 비밀을 지키기로 약속했으면 반드시 지켜야 하네. 누구에게도 말이네."

달타냥은 고개를 끄덕였다. 새삼스레 트레빌 대장에 대한 존경심이 우러났다.

"휴가를 주겠네. 휴가를 주는 건 내 책임이고, 그 밖의 일은 난 들은 바가 없네."

트레빌은 15일 동안의 휴가 허가서를 끊어 주었다.

"자네 일을 방해하는 사람은 없나? 위험은 따르지 않겠나?"

"사실은 그게 걱정입니다."

"그게, 리슐리외 추기경인가?"

"그렇습니다."

트레빌은 다시 서류 몇 장을 썼다.

"삼총사와 함께 가게. 프랑스 왕실의 안전이 걸린 일이니까 신중에 신중을 기하도록 하게. 이건 세 사람의 휴가 허가서일세."

달타냥은 뛸 듯이 기뻤다. 삼총사와 함께 가다니, 든든한 지원군을 얻은 기분이었다.

"감사합니다. 목숨을 걸고 임무를 완수하겠습니다."

달타냥은 아토스의 집으로 달려갔다. 마침 포르토스와 아라미스도 와 있었다.

"저와 함께 런던을 다녀와야겠습니다."

아토스가 눈을 크게 떴다.

"갑자기 무슨 소린가?"

"이유는 말할 수 없습니다. 런던으로 가서 편지 한 통을 전하면 됩니다."

"그까짓 일로 삼총사가 다 출동할 필요가 있는가?"

"아주 위험한 일입니다. 리슐리외 추기경이 우리를 죽이려 할 것입니다."

포르토스가 호탕하게 웃음을 터뜨렸다.

"위험하다고? 그런 모험이라면 사양할 수 없지. 그렇지만 우린 지금 근무 중인걸."

"세 분의 휴가 허가서를 받아 왔습니다."

달타냥이 휴가 허가서를 꺼내 놓자 세 사람은 눈이 휘둥그레졌다. 사태가 심각하다는 것을 깨달은 눈치였다.

"대장님이 휴가를 주시다니, 중대한 일인 모양이군. 출발 준비를 하세."

"전할 편지는 제 안주머니에 들어 있습니다. 만약 도중에 제가 죽으면 세 분 중 살아남은 분이 전해 주시면 됩니다.”

그날 새벽 2시, 여덟 필의 말이 파리에서 칼레 항구를 향해 달리기 시작했다. 앞의 네 사람은 달타냥, 아토스, 포르토스, 아라미스였고, 뒤의 네 명의 하인들인 플랑셰, 그리모, 무스크통, 바쟁이었다.

파리에서 칼레항까지는 약 300킬로미터였다. 말을 타고 쉬지 않고 달려도 40시간 이상 걸리는 곳이었다. 달타냥과 삼총사 일행은 땀을 비 오듯 흘리며 쉬지 않고 말을 몰았다.

일행은 아침 8시경 샹티이에 도착했다. 여관에서 아침 식사를 하고 있는데, 한쪽에서 술을 마시고 있던 사나이가 시비를 걸어왔다.

“리슐리외 추기경 예하를 위해 건배합시다.”

성미 급한 포르토스가 참지 못하고 말려들었다.

“국왕 폐하라면 몰라도 추기경은 아니오.”

“국왕 폐하? 나는 그까짓 허수아비 국왕보다 추기경 예하를 더 존경하오.”

“뭐라고? 감히 국왕 폐하를 모독해?”

두 사람은 마침내 칼을 뽑아 들고 싸움을 시작했다.

“무슨 음모가 숨어 있을지 모르니 먼저 떠나도록 하세. 포르토스, 그자는 자네가 처리하게."

아토스가 먼저 길을 떠나자 나머지 사람들도 그 뒤를 따랐다.

"포르토스 총사님 혼자서 괜찮을까요?"

달타냥의 걱정에도 아토스는 전혀 염려할 일이 아니라는 듯 말했다.

"포르토스의 실력을 믿지 못하나? 걱정할 것 없고, 시간이 급하니 빨리 달리세."

일행은 다시 칼레항을 향해 달리기 시작했다. 두 시간쯤 달렸을 때 자잘한 나무가 우거진 잡목 숲이 나타났다. 8~9명의 사나이들이 길을 닦고 있었다.

"수상한 사람들이니 조심하게. 일손이 서투를 뿐 아니라, 손이 일꾼들답지 않게 매끄러워."

조심성 많은 아토스가 주의를 주었다.

일행이 서둘러 일꾼들 사이를 뚫고 지나가고 있을 때였다. 갑자기 총소리가 들리면서 총알이 핑, 핑 날아왔다.

"그대로 앞만 보고 달려라!"

아토스가 소리치며 앞으로 달렸다.

"앗!"

무스크통이 총알을 맞아 말 위에서 떨어지고, 아라미스도 왼

쪽 어깨를 움켜잡았다.

"아라미스, 어찌된 건가?"

"어깨를 맞았어."

이윽고 총소리는 더 이상 들리지 않았지만 아라미스가 점점 뒤로 처졌다.

"먼저 가게. 난 이제 자네들에게 도움이 되지 않을 것 같네."

아라미스의 얼굴은 고통으로 일그러져 있었다.

"일이 급하니 우리 먼저 가겠네. 우리가 돌아올 때까지 자네 하인과 함께 여기서 기다리고 있게."

일행은 이제 아토스와 그의 하인 그리모, 달타냥과 플랑세만 남게 되었다.

네 사람이 아미앵에 도착했을 때는 밤 12시였다. 그들은 여관에 들어가서 지친 몸을 부리고, 말도 쉬게 했다.

아침에 숙박비를 계산하던 아토스와 여관 주인 사이에 시비가 붙었다. 아토스가 준 금화가 가짜라고 우기는 것이었다.

"이런 악당 같으니! 이게 어찌 가짜 금화란 말이냐?"

여관 주인과 다투고 있던 아토스의 눈에 근위대 네 명이 가까이 다가오는 것이 보였다.

"아차! 함정이다. 달타냥, 달아나라! 빨리!"

아토스는 달타냥이 들을 수 있게 큰 소리로 외치며 권총을 두 방 쏘아 댔다. 아토스의 다급한 목소리와 총소리를 들은 달타냥은 번개같이 말에 올랐다.

"플랑세, 먼저 가자!"

위험에 빠진 아토스를 남겨 두고 떠나는 것이 마음에 걸렸지만, 맡은 임무가 워낙 급하고 중대했기 때문에 달타냥은 어쩔 수 없었다.

'아토스, 제발 무사하세요. 제발.'

달타냥은 마음속으로 빌면서 달리는 말에 더욱더 채찍을 해 댔다.

해가 질 무렵 두 사람은 칼레항에 도착했다. 사람과 말 모두 지칠 대로 지쳐 있었다.

'리슐리외는 정말 치밀한 자로군. 곳곳에 이렇게 손을 써 놓을 줄이야.'

트레빌 대장에 대한 고마움이 새삼스럽게 느껴졌다.

'대장님은 역시 존경할 만한 분이야. 나 혼자 왔더라면 큰일 날 뻔했어.'

달타냥은 선착장을 살펴보았다. 이제 이 칼레항을 떠나 도버 해협을 건너기만 하면 되었다.

달타냥은 선착장 옆에 있는 큰 창고 근처를 지나다가 걸음을 멈추었다. 젊은 귀족 한 사람이 영국으로 가는 배 옆에서 선장과 무언가 이야기를 나누고 있었다. 달타냥은 그들의 이야기에 귀를 기울였다.

"내게 승선 허가증이 있는데 왜 배에 오를 수 없다는 거요?"

"항만 총독의 검인을 받아 오십시오."

"추기경 예하의 허가증이 있는데도 안 된단 말이오? 총독은 어디에 있소?"

"명령이니 어쩔 수 없습니다. 저쪽으로 조금 가면 됩니다."

"알겠소. 검인을 받아 올 테니 먼저 떠나지 마시오."

젊은 귀족은 하인을 데리고서 총독 사무소가 있는 곳으로 향했다.

'승선 허가증에 검인을 받아야 한다고? 추기경의 지시로군. 이 일을 어쩐다? 허가증 없이는 배에 탈 수 없을 텐데.'

갑자기 달타냥의 눈이 반짝 빛났다.

'그래, 이 방법밖에 없어. 미안하긴 하지만 나라를 위한 일이니 이해를 하겠지.'

달타냥은 젊은 귀족의 뒤를 밟기 시작하였다. 으슥한 곳이 나오자 그는 젊은 귀족을 불러 세웠다.

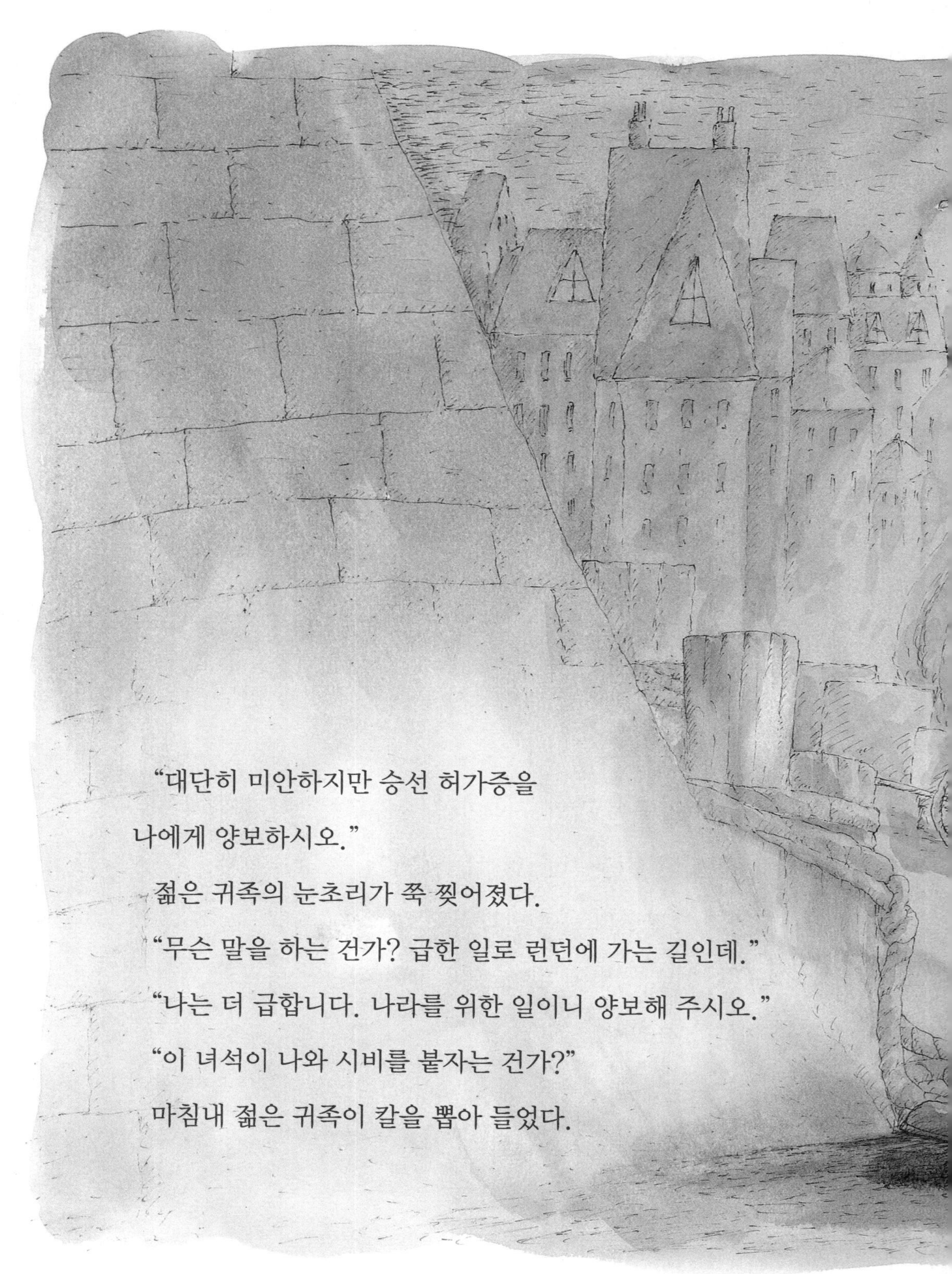

“대단히 미안하지만 승선 허가증을
나에게 양보하시오.”
젊은 귀족의 눈초리가 쭉 찢어졌다.
“무슨 말을 하는 건가? 급한 일로 런던에 가는 길인데.”
“나는 더 급합니다. 나라를 위한 일이니 양보해 주시오.”
“이 녀석이 나와 시비를 붙자는 건가?”
마침내 젊은 귀족이 칼을 뽑아 들었다.

　그러나 달타냥의 적수가 될 수는 없었다. 달타냥은 젊은 귀족을 쓰러뜨려 승선 허가증을 빼앗고 나무에 묶어 놓았다. 싸우는 도중 칼에 가슴을 찔렸지만 아픈 줄도 몰랐다.

　달타냥은 승선 허가증을 살펴보았다. 젊은 귀족의 이름은 바르드 백작, 리슐리외 추기경에게 충성을 바치는 심복이었다.

　“음, 바르드 백작이었군. 플랑세, 지금부터 너의 이름은 뤼뱅이다.”

　달타냥은 승선 허가증을 들고 항만 총독을 찾아갔다.

　“여기 허가증이 있소. 검인해 주시오.”

　“아, 바르드 백작님이시군요. 파리에서 오셨으면 혹시 달타냥이란 사람을 알고 있습니까?”

　달타냥은 속으로 픽 웃었다. 총독도 이미 리슐리외에게 무슨 지령을 받은 것이 분명했다.

　“달타냥, 그 건방진 녀석 말이오? 잘 알지요. 그런데 왜 묻는 거요?”

　“추기경에게서 지령이 왔습니다. 달타냥이 나타나면 체포하여 파리로 끌고 오라는 명령이십니다. 달타냥을 아시면 인상 착의를 좀 알려 주시겠습니까?”

　달타냥은 나무에 묶어 놓은 바르드 백작의 생김새를 설명해 주고, 하인 뤼뱅의 모습도 함께 설명해 주었다.

"감사합니다, 백작님. 즐겁게 여행하십시오."

달타냥은 총독에게 깍듯한 인사까지 받고 사무소에서 나왔다.

"플랑세, 아니 뤼뱅이지. 뤼뱅, 이제 런던으로 가는 일만 남았다. 어서 가자!"

검인 사인이 된 승선 허가증을 보이자 선장은 두말없이 배에 오르게 했다.

"두 사람이 검인을 받아 오기로 했는데 왜 아직 안 오지?"

선장이 바르드 백작과 하인을 더 기다릴 듯 보이자 달타냥이 재빨리 말했다.

"아, 그 두 사람 말인가요? 급한 일이 생겨서 다시 파리로 간다고 먼저 떠나라고 했소."

"그래요? 자, 출항이다!"

선장이 외치자 배는 곧 칼레항을 떠났다.

"드디어 런던으로 가는구나."

긴장이 풀린 달타냥은 자리를 잡자마자 쓰러져 잠에 빠져들었다. 한창 어지러운 꿈속을 헤매다가 요란스러운 대포 소리에 놀라 잠을 깼다.

"저게 무슨 소리지요?"

달타냥은 무슨 일인지 궁금하여 뱃사람에게 물었다.

"출항을 중지하라는 신호입니다. 이제 다른 배는 더 이상 출항하지 못할 겁니다."

"출항을 중지하라니요?"

"중대한 사건이 생기면 사무소에서 대포를 쏘아 출항하지 못하게 합니다. 아마 큰 죄를 진 범인이라도 발견한 모양입니다."

달타냥은 간담이 서늘해졌다.

'조금만 늦었더라면 꼼짝없이 잡힐 뻔했군.'

달타냥은 다시 잠으로 빠져들었다.

다음 날 오후 2시, 배는 영국의 도버 항구에 도착했다.

도착하고 보니 큰 문제가 생겼다. 달타냥도 플랑세도 영어를 한 마디도 할 줄 모르는 것이었다.

"부딪쳐 보자. 궁하면 통한다고 했어."

달타냥은 마차를 잡아타고 무작정 "런던!" 하고 소리쳤다. 다행히 마부는 달타냥을 런던까지 무사히 데려다 주었다.

런던에서도 마찬가지였다. '버킹엄'이라고 쓴 종이를 들고 지나가는 사람에게 보여 주며 공작의 집을 물었다.

영국 사람들은 친절하고 예의바르다고 하더니 정말 그랬다. 낯선 외국인인데도 친절하게 버킹엄 공작의 저택 앞까지 데려

다 주었다.

달타냥을 본 버킹엄 공작은 기절할 듯이 놀랐다.

"그대는…….."

"예, 파리에서 공작님께 칼을 겨누었던 달타냥입니다."

"그때는 정말 고마웠소. 그런데 무슨 일로 파리에서 런던까지 이 먼 길을 왔소?"

"왕비님의 편지를 가지고 달려왔습니다."

달타냥은 급히 품속에서 왕비의 편지를 꺼내 공작에게 건네주었다.

편지를 읽은 버킹엄의 얼굴이 창백해졌다.

"다이아몬드 목걸이 때문에 왕비님이 위험에 처했단 말이지?"

달타냥은 10월 3일에 열릴 무도회에 대해 설명해 주었다.

"아직 닷새가 남았으니 그 안에 목걸이를 돌려드리면 문제가 해결되겠군."

버킹엄은 장미나무 상자를 들고 나와 다이아몬드 목걸이를 꺼냈다.

"이 목걸이를 왕비님께 전해 드리시오. 앗!"

갑자기 버킹엄이 크게 비명을 질렀다. 그의 얼굴빛은 흙빛이 되었다.

“다이아몬드 두 개가 사라졌어. 이게 어찌된 일이지?”

세고 다시 세어 보아도 분명 두 개가 부족했다.

버킹엄은 물론 달타냥도 눈앞이 캄캄해졌다. 다이아몬드 두 개가 부족하다면 왕비가 추궁받을 것은 불을 보듯 뻔한 터였다. 그동안 고생한 것이 물거품이 될 판이었다.

“누가 몰래 훔쳐 간 건 아닐까요?”

“그럴 리가 없어요. 이 방은 나 말고 들어오는 사람이 없어요. 더구나 비밀 장소에 감추어 놓았는데 이게 어찌된 일이지?”

생각에 잠겨 있던 버킹엄이 소리쳤다.

“맞아! 그때 그 여자야!”

“짐작 가는 곳이 있습니까?”

“며칠 전 무도회에서 나와 사이가 좋지 않은 클라릭 부인이 접근해 왔었는데, 그 여자의 짓이 분명해. 그날 처음 왕비님의 목걸이를 주머니에 넣고 갔거든. 그 여자 짓이야. 그 여자가 리슐리외의 첩자야!”

“이젠 어떻게 하지요?”

“대책을 세워야지요.”

버킹엄은 역시 침착한 사람이었다. 곧 냉정을 되찾고는 비서를 불렀다.

"출항 정지 명령을 내려 프랑스로 가는 모든 배를 막게. 그리고 가장 솜씨가 뛰어난 보석상을 부르게."

보석상이 나타나자 버킹엄은 마치 명령하듯 말했다.

"이 목걸이와 똑같은 다이아몬드 두 개를 만들어 주시오. 이틀 안에 만들어야 하오. 돈은 얼마든지 주겠소. 지금 당장 시작하시오. 이건 명령이오."

"예, 힘껏 해 보겠습니다."

보석상이 일을 시작하자 버킹엄은 다시 비서를 불러 이런저런 지시를 내렸다. 그러고 나서 달타냥에게 말했다.

"이 은혜를 어떻게 갚아야 할까요? 원하는 게 있으면 말하시오. 왕비님과 나를 위해 많은 고생을 하였으니 내가 충분히 보상을 하겠소."

달타냥은 정색을 했다.

"이 일은 우리 프랑스 왕비님을 위해 한 일이지 공작님을 위해 한 일이 아닙니다. 공작님과 저는 지금 적국 사람들이니까요. 보상은 사양합니다."

버킹엄은 빙그레 미소를 지었다.

"훌륭한 말씀이오. 존경하오."

이틀 뒤 목걸이의 다이아몬드 두 개가 완성되었다. 아무리 보아도 진짜와 구별할 수 없도록 정교하게 세공되었다.

"어서 떠나시오. 내가 미리 지시를 내려놓았으니 큰 어려움은 없을 거요. '포워드'라는 암호만 대면 모든 게 순조롭게 해결될 것이오."

'포워드'란 암호는 '앞으로'라는 뜻이었다.

달타냥은 암호 '포워드' 덕분에 예정했던 날짜에 맞추어 트레빌 대장의 저택에 무사히 도착할 수 있었다.

"달타냥! 아무 일 없이 잘 다녀왔구나!"

트레빌은 달타냥을 와락 끌어안았다. 그동안 혼자서 걱정을 많이 하고 있었다는 뜻으로 여겨져 달타냥은 트레빌이 아버지처럼 느껴졌다.

"예, 대장님. 염려해 주신 덕분에 임무를 완수하였습니다."

"고생 많았네. 당장 왕비님께 물건을 전하게."

트레빌은 특별히 총사 열 명을 뽑아 달타냥을 호위하게 하였다. 달타냥은 총사 열 명의 호위를 받으며 루브르 궁전 뒷문 쪽으로 달렸다.

무도회

10월 3일, 무도회가 열리는 날이었다. 시청 앞의 넓은 광장은 구름 같은 인파로 붐비고 있었다. 그들은 들뜬 마음으로 왕과 왕비를 기다리고 있었다. 이윽고 왕이 탄 마차가 도착하고, 이어서 왕비의 마차도 도착했다.

"국왕 폐하 만세!"

"왕비 마마 만세!"

군중들은 왕과 왕비에게 환호성을 보냈다.

군중들의 환호 속에서 회심의 미소를 짓고 있는 사람이 있었다. 바로 리슐리외 추기경이었다. 그는 왕비가 다이아몬드 목걸이를 하지 않은 것을 확인하고 크게 기뻐했다.

‘옳지. 내 뜻대로 되어 가고 있군. 이제 왕비는 끝장이다.’

추기경은 신하들에게 둘러싸인 루이 13세 옆으로 갔다.

“폐하, 성대한 무도회입니다. 왕비 마마가 오늘따라 유난히 눈이 부시게 아름답습니다.”

“고맙소. 모처럼 즐거운 무도회요.”

리슐리외는 두 개의 다이아몬드가 담긴 상자를 루이 13세에게 내밀었다. 밀레디를 시켜 버킹엄에게서 훔쳐 낸 바로 그 다이아몬드였다.

“폐하, 제가 폐하께 바치는 선물입니다.”

“다이아몬드가 아니오? 이런 건 왕비에게 주는 것이 더 좋지 않겠소?”

“저보다는 폐하께서 드려야 왕비 마마가 더 기뻐하실 것입니다. 그런데 안타깝게도 왕비 마마께서 다이아몬드 목걸이를 하지 않으셨군요? 그걸 하셨으면 더욱 아름다우셨을 텐데……. 아마도 다이아몬드가 열 개밖에 없어서 그러셨을 터이니, 이 다이아몬드를 드리면 아주 기뻐하실 것입니다.”

그제야 루이 13세는 왕비가 목걸이를 하지 않았다는 사실을 깨달았다.

“내가 그렇게 신신당부를 했는데.”

루이 13세는 왕비 앞으로 다가갔다.

"목걸이를 왜 하지 않았소?"

"폐하, 너무 귀하고 소중한
거라서 혹시 잃어버릴까 봐
깊이 간직해 두었습니다."

"저런! 이럴 때 하라고 선물
한 건데. 어서 시녀를 시켜 가져
오게 하시오."

"예, 폐하."

왕비는 왕비를 위해 마련한 휴게실
로 들어갔다가 다시 나왔다. 왕비의 하
얀 목에는 불빛을 받아 눈부시게 반짝
이는 다이아몬드 목걸이가 걸려 있었
다. 그래서인지 왕비는 더욱더 아름다
워 보였다.

"오, 왕비, 아름답구려. 내 부탁을 들
어주어서 고맙소."

루이 13세는 리슐리외에게 받은 다
이아몬드 두 개를 왕비에게 주었다.

“추기경의 선물이오. 목걸이의 다이아몬드가 열 개뿐일 거라고 하던데, 사실이오?”

“폐하, 무슨 말씀이세요? 그럼 이 목걸이의 다이아몬드가 14개라는 말씀인가요? 아마도 누군가가 제 목걸이에 문제가 생기기를 바라고 있었나 보지요?”

이번에 회심의 미소를 지은 사람은 안느 왕비였다.

루이 13세는 목걸이의 다이아몬드 수가 분명히 12개라는 것을 확인하고 나서 추기경을 불렀다.

리슐리외의 마른 얼굴이 새파랗게 질렸다.

“추기경, 조금 전에 한 말씀의 뜻이 무엇이오? 목걸이의 다이아몬드는 분명히 12개던데.”

리슐리외는 식은땀을 흘렸다.

“그, 그게, 실은 오래전부터 왕비 마마께 그 다이아몬드를 바치려고 마음먹고 있었습니다.”

“그랬구려. 고마운 일이오.”

왕비에 대한 의심이 사라진 루이 13세는 차츰 무도회의 흥겨움 속으로 빠져들었다.

한편 달타냥은 다른 총사들과 함께 대기실에 있었다. 그는 자신의 임무를 무사히 마쳐 왕비가 어려움에서 벗어나게 된 것을 매우 만족스럽게 생각하고 있었다.

"달타냥 씨, 잠깐 저를 보실까요?"

검은 가면을 한 귀부인이 달타냥에게 손짓을 했다. 달타냥은 검은 가면의 귀부인이 보나시외 부인이라는 걸 느낌으로 알아차렸다.

달타냥은 꽃으로 화려하게 장식된 방으로 안내되었다.

"잠시만 기다리세요."

보나시외 부인이 귓속말로 속삭였다.

'왜 나를 이런 곳으로……?'

달타냥은 두근거리는 가슴을 지그시 누르며 기다렸다.

잠시 후였다. 길게 드리워진 커튼 사이로 하얀 손이 조용히 나타났다.

'왕비님이다!'

달타냥은 직감으로 그것을 알았다.

달타냥은 한쪽 무릎을 꿇고 그 손에 입을 맞추었다. 곧 하얀 손이 사라지고, 달타냥의 손에 반지 하나가 건너와 있었다. 다이아몬드 반지였다.

보이지 않는 적들

얼마 안 돼 전쟁이 일어날 거라는 소문으로 나라 안이 들끓었다. 프랑스가 라 로셸을 대대적으로 공격한다는 것이었다.

라 로셸은 프랑스 서쪽 바닷가에 있는 항구 도시로, 앙리 4세가 신교도들이 안전하게 살 수 있도록 제공한 곳이었다. 그런데 라 로셸의 신교 신자들은 영국, 에스파냐, 이탈리아 등지에서 흘러들어 온 신교도들과 손을 잡아 커다란 세력을 이루고 있었다. 그들은 구교를 보호하는 프랑스 정부와 맞서서 사사건건 충돌했다.

리슐리외 추기경은 라 로셸의 신교도들을 몰아내고, 라 로셸의 동맹국인 영국을 공격해야 한다고 주장했다.

그리고 루이 13세가 망설이고 있는 사이에 버킹엄이 이끄는 영국군이 90척의 전함과 2만 명의 군사로 라 로셸 해안의 레섬을 공격하여 점령하고, 라 로셸에 올라왔다.

이에 프랑스에서도 라 로셸에 대해 공격할 것을 결정함으로써 이제 프랑스와 영국의 전쟁은 피할 수 없는 현실이 되었다. 결국 안느 왕비와 버킹엄 공작의 약속은 깨지고 말았다.

프랑스 안의 모든 군인, 경찰은 물론 추기경의 근위대, 국왕의 총사대에도 출정 명령이 떨어졌다. 출정 날은 1627년 5월 1일이었다. 출정 날까지는 아직 2주일이 남아 있었다.

달타냥은 트레빌 대장의 허락을 받고 삼총사를 찾아 나섰다. 삼총사는 왕비의 편지를 가지고 런던으로 가던 중 헤어진 뒤로 아직 소식이 없었다.

'모두들 위급한 상황이었는데, 무사할까? 제발 무사해야 할 텐데. 아토스, 포르토스, 아라미스…….'

달타냥은 다정다감하고 의리 깊은 그들이 마치 친형들처럼 느껴졌다.

포르토스는 아직 샹티이의 여관에 남아서 상처를 치료하고 있었다. 그날 시비를 건 사람은 역시 리슐리외의 부하였으며, 그를 물리치면서 당한 무릎의 상처가 예상 밖으로 깊어서 치료 기간이 길어졌다.

어깨에 총상을 입은 아라미스는 상처 치료를 마치고 그곳에서 성서 공부를 하고 있었다.

"싸우는 덴 이제 질렸어. 이 기회에 내 소망대로 신의 사제가 될까 해."

그러나 그는 달타냥이 나타나자 마음을 바꾸어 다시 총사대에 들어왔다.

가장 심각한 사람은 아토스였다. 그는 네 명의 근위병을 물리친 후부터 아미앵의 여관 창고 안에서 문을 잠근 채, 창고 안의 술을 밤낮으로 마시고 있었다. 달타냥이 찾아갔을 때 그는 술에 취해 정신을 차리지 못했다. 달타냥은 그날 술에 취한 그에게서 놀라운 과거 이야기를 들었다.

아토스는 역시 짐작대로 지체 높은 가문의 귀족이었다. 베리란 고장의 영주요 백작이었다. 그는 스물다섯 살 때, 열여섯 살 먹은 아름다운 처녀와 결혼해 행복하게 살고 있었다. 그런데 어느 날 사냥을 갔다가 아내가 말에서 떨어지는 바람에 놀라운 사실을 알고 말았다. 기절한 아내를 치료하다가 어깨에 새겨진 백합 모양의 낙인을 발견한 것이었다. 낙인이란 중죄인의 몸에 새기는 문신으로서 평생 지울 수가 없었다. 아토스의 아내는 도둑질로 살아가는 전과범이었는데, 자신의 신분을 감추고 타고 난 미모를 이용하여 백작 부인의 자리에까지 오른 것이었다. 아토스는 그동안 속은 것이 분해 아내를 묶어 나무에 매달아 버렸다. 그리고 그 길로 고향을 떠나 이름을 아토스로 바꾸고 총사대에 입대했던 것이다.

지금까지 혼자 감추고 있던 이야기를 마친 아토스는 그대로 깊이 잠들었다. 그리고 아침에 일어났을 때는 여전히 냉정하고 침착한 예전의 모습으로 돌아와 있었다.

"빨리 출발하세. 포르토스와 아라미스가 기다리겠네."

이렇게 해서 달타냥과 삼총사는 다시 뭉치게 되었다.

당시 프랑스에서는 전쟁에 필요한 말이나 안장, 그 밖의 장비들을 국가에서 주지 않고 개인이 준비해야 했다. 모두들 장비를 마련하느라 바쁜 가운데 달타냥은 여러 가지 경험을 했다.

먼저 밀레디와 만난 것이 그중 하나다. 달타냥은 영국인들과 벌인 결투 때문에 윈터 경을 만나서 친한 사이가 되었는데, 그의 초대를 받고 갔다가 거기서 밀레디를 만났다.

밀레디는 윈터 경의 손아래 동생인 클라릭의 부인이었다. 그러므로 윈터 경에게는 '제수'였다. 그런데 클라릭은 아이 하나만을 남긴 채 일찍 죽고 말았다. 그래서 윈터 경이 결혼을 하지 않

는 한, 윈터가의 모든 재산은 이 아이가 물려받을 것이고, 그것은 곧 클라릭 부인, 즉 밀레디 차지가 된다는 의미였다.

달타냥은 프랑스 사람이 분명한 밀레디가 어떻게 영국의 귀족과 결혼할 수 있었는지 그저 놀라울 뿐이었다.

놀라운 것은 그뿐만이 아니었다. 밀레디는 달타냥이 칼레 부두에서 승선 허가증을 빼앗기 위해 상처를 입혔던 바르드 백작을 사랑하고 있었다. 바르드 백작이 달타냥에게 큰 상처를 입고 명예가 떨어지자 밀레디는 복수심에 불탔다. 게다가 보나시외 부인을 도와 버킹엄 공작을 루브르 궁전까지 호위했던 것, 왕비의 다이아몬드 목걸이 때문에 추기경의 신임을 잃게 한 것 등으로 달타냥에 대한 원한이 뼛속 깊이 새겨져 있었다. 그리고 무엇보다 무서운 것은 밀레디가 아토스의 전 부인이라는 사실이었다.

또 한 가지 놀라운 경험은 리슐리외 추기경과 만난 것이었다. 출정을 하루 앞두고, 달타냥은 추기경이 보낸 출두 명령서를 받았다. 추기경은 달타냥을 원수 중의 원수로 여기는 사람이었다. 그러나 달타냥은 용감하게 추기경을 찾아갔다. 만일을 대비해서 삼총사가 12명의 총사들과 함께 달타냥을 호위하였다.

리슐리외 추기경은 그동안 달타냥이 자기에게 지은 죄를 일일이 늘어놓으면서 자신의 근위대 기수로 들어오면 용서하겠다고 제안했다. 그러나 달타냥은 삼총사와의 의리를 생각하며 용감하게 거절하였고, 그 일로 리슐리외는 달타냥에게 또 하나의 원한을 갖게 되었다.

마침내 출정의 날이 왔다. 달타냥은 아직 정식 총사가 아니었기 때문에 데제사르 대장이 지휘하는 부대에 들어가게 되었다. 그래서 어쩔 수 없이 국왕을 호위하는 삼총사와 헤어져야만 했다. 루이 13세의 건강 문제로 총사대의 출정이 뒤로 미루어졌던 것이다.

"달타냥, 조심해. 특히 밀레디란 여자와 리슐리외 추기경을 조심해야 돼."

아토스는 친동생에게 이르듯 달타냥에게 신신당부했다.

"자, 국왕 폐하와 나라를 위해 목숨을 걸고 공을 세우자."

달타냥과 삼총사는 굳게 약속했다.

데제사르 대장의 부대에 들어간 달타냥은 아는 사람이 아무도 없었다. 부대의 병사들이 모두 근위병들이기 때문이었다. 달타냥은 삼총사가 그리웠다.

어느 날, 달타냥은 진지를 나와 삼총사를 생각하며 혼자 숲길을 걷고 있었다. 적의 라 로셸 진지가 눈앞에 보였다.

‘너무 멀리 나왔나?’

갑자기 이상한 예감이 들어 주위를 살피던 달타냥은 소스라치게 놀랐다. 저녁놀에 반사되어 반짝이는 총구 하나를 발견한 것이었다. 그 옆 바위 틈에서도 또 하나의 총구가 보였다.

‘적이다!’

달타냥이 본능적으로 땅에 납작 엎드린 순간 탕, 총소리가 울렸다. 동시에 피융, 총알이 날카로운 소리를 내면서 머리 위를 스쳐 지나갔다. 이어서 두 번째 총알이 날아와 달타냥이 엎드린 바로 옆에 박히면서 흙먼지를 일으켰다.

‘위험하다! 뛰자!’

달타냥은 벌떡 일어나서 진지를 향해 달리기 시작했다.

세 번째 총알이 날아와 모자를 스치고 지나가면서 모자가 땅에 떨어졌다. 모자는 군인의 명예가 걸려 있는 생명 같은 물건이었다. 달타냥은 떨어진 모자를 주워 들고 다시 달리기 시작했다. 총소리는 더 이상 들리지 않았다.

진지로 돌아와 모자의 총구멍을 살펴본 달타냥은 깜짝 놀랐다. 총알 자국이 프랑스군 것이었다.

‘우리 프랑스군이 나의 생명을 노리는 건가?’

달타냥의 머릿속에 곧바로 밀레디와 리슐리외가 떠올랐다.

'그들의 첩자가 여기까지 와 있단 말인가?'

그러나 증거가 없으므로 무어라 말할 수도 없고, 그저 조심하는 수밖엔 없었다.

'이럴 때 삼총사와 함께 있다면 얼마나 좋을까?'

새삼 삼총사가 그리웠다. 그러나 그들은 아직 파리에 있었다.

며칠 후, 루이 13세의 동생 오를레앙 공작이 부대를 찾아왔다. 오를레앙은 전선을 살피면서 총공격을 준비하고 있었다. 그런데 문제는 프랑스군이 며칠 전에 라 로셸군이 쌓은 방어벽을 무너뜨렸는데, 거기에 적이 얼마나 남아 있는지 파악이 안 돼 정탐을 먼저 해야 했다.

"목숨 걸고 적진을 정탐할 용감한 지휘관과 장병은 없는가?"

데제사르 대장이 달타냥을 추천했다.

"달타냥이라면 확실하게 해낼 것입니다."

오를레앙 공작은 달타냥을 앞으로 불렀다.

"달타냥, 임무를 완수할 수 있겠는가?"

"예, 반드시 제 임무를 완수하겠습니다."

달타냥은 지원병 네 명을 데리고 적진 정탐을 나가게 되었다. 적진 정탐은 전쟁 중 가장 위험한 일이다. 언제 어디서 보이지 않는 적으로부터 총알 세례를 받게 될지 모른다.

“몸을 낮게 엎드리고 나를 따라와라.”

달타냥은 사방을 경계하며 적진을 향해 나아갔다. 적진으로부터 100여 미터 떨어진 지점에 왔을 때, 더는 몸을 감출 만한 지형지물(몸을 숨길 땅 모양이나 자연물)이 없고 평지가 계속되었다.

‘고약한데. 음, 저게 있었구나.’

다행히 20여 미터쯤 떨어진 곳에 웅덩이 하나가 보였다.

“저 앞 3시 방향의 웅덩이로 간다!”

달타냥이 먼저 웅덩이를 향해 날쌔게 달렸다. 이어서 두 명의 병사가 달려와서 웅덩이 안으로 뛰어들었다. 그런데 나머지 두 명의 병사는 오지 않았다. 겁이 나서 오지 못하는 게 분명했다.

“좀 더 가까이 다가가 보자.”

달타냥이 두 병사와 함께 웅덩이 밖으로 나와 몇 걸음을 더 나아갔을 때였다.

‘탕, 탕, 탕탕탕탕탕…….’

갑자기 요란스러운 총성이 하늘과 땅을 뒤흔들었다. 적진에서 퍼부어 대는 집중 사격이었다. 총소리로 보아 40~50명 정도의 적병이 남아 있으리라는 것을 짐작할 수 있었다.

“앗!”

달타냥을 따르던 병사 하나가 비명을 지르며 쓰러졌다.

“모두 물러나라!”

달타냥은 다시 웅덩이 안으로 뛰어들었다.

“악!”

뒤따라 달려오던 병사가 또 총을 맞고 쓰러졌다. 이제 살아남
은 사람은 달타냥뿐이었다.

‘우리 군이 파 놓은 참호까지 무사히 갈 방법이 없을까?’

달타냥이 물러날 방법을 궁리하고 있을 때였다. 적진에서 쏘
아 대는 요란스러운 총소리에 섞여 프랑스군의 진지 쪽 돌담 사
이에서 총소리가 잇따라 들려왔다. 총알이 귓가를 아슬아슬하
게 스쳐 갔다.

‘왜 우리 군 쪽에서 총알이 날아오지? 수상하다!’

달타냥은 쓰러져 죽은 척했다. 그러고는 총알이 날아온 돌담
쪽을 지켜보았다.

잠시 후 돌담 사이에서 두 병사가 모습을 드러냈다. 정탐 도중
뒤처진 두 병사가 분명했다.

‘날 죽이고, 적에게 사살당한 것처럼 위장하려는 수작이었군.
교활한 놈들!’

두 병사가 다가왔다.

“죽었나?”

“죽었을 거야. 빨리 확인하고 돌아가서 보고하세.”

두 병사가 몸 가까이 다가왔을 때 달타냥은 벌떡 일어나 칼을 뽑아 들었다.

“배신자들! 내 칼을 받아라!”

놀라 달아나던 한 명이 적의 총알에 맞아 죽고, 나머지 한 명은 달타냥의 칼에 찔려 쓰러졌다.

“누구냐? 누가 시킨 짓이냐?”

“살려 주십시오. 어떤 부인이 돈을 주고 시켜서 한 짓입니다.”

‘밀레디다!’

달타냥은 직감으로 알아차렸다.

두 병사는 원래 군인이 아니었다. 밀레디의 지시로 군인처럼 위장하고 데제사르의 부대에 숨어들어 호시탐탐 달타냥의 목숨을 노리고 있었던 것이다.

“며칠 전 숲길에서 총을 쏜 것도 너희 짓이냐?”

“예, 예, 모두 시켜서 한 짓이니 목숨만 살려 주십시오.”

“좋다, 용서하겠다. 대신 이 일은 누구에게도 이야기해서는 안 된다.”

달타냥은 그를 용서하고 부대로 돌아와 보고했다.

“보고합니다. 적진에는 아직 40~50명 정도의 적병이 남아 있었습니다. 임무 수행 중 세 명이 전사하고, 한 명이 부상, 한 명은 이상 없습니다.”

“장하구나. 고생했다.”

데제사르 대장은 훌륭히 임무를 완수한 달타냥의 노고를 치하했다.

달타냥의 활약은 모든 부대에 널리 알려졌다.

그런 일이 있고 나서 얼마 가지 않아 루이 13세의 부대와 리슐리외의 부대가 도착했다. 프랑스군의 사기는 하늘을 찌를 듯이 높아졌다.

모두들 기뻐하는 가운데 누구보다 기뻐하는 사람은 단연 달타냥이었다. 물론 삼총사와 트레빌 대장을 다시 만나게 되었기 때문이다.

삼총사와 달타냥은 서로 부둥켜안고 얼굴을 부비면서 다시 만난 기쁨을 나누었다.

“자네 소식을 듣고 우리 모두 얼마나 기뻤는지 모르네. 역시 자네는 확실한 예비 총사야.”

“총사님들을 다시 만나 정말 기쁩니다.”

달타냥은 밀레디가 보낸 사람들에게 죽을 뻔했던 이야기를 들려주었다.

"저런 악독한 여자 같으니라고!"

포르토스가 흥분해서 소리쳤다.

"이젠 걱정할 것 없네. 우리가 자네 털끝 하나도 못 건드리게 지켜 줄 테니까."

달타냥은 그러는 포르토스가 마치 피를 나눈 형제처럼 정답게 느껴졌다. 물론 아토스와 아라미스도 마찬가지였다.

밀레디와 리슐리외 추기경

어느 날 밤, 달타냥이 보초를 서러 나가고 없을 때 삼총사는 진지에서 멀리 떨어진 마을까지 나섰다가 진지로 되돌아오고 있었다.

그 무렵 라 로셸군은 식량 사정이 별로 좋지 않아서 밤이면 민가에 나타나 먹을 것을 빼앗아 가기도 했다. 그들과 마주치면 총격전이 벌어지곤 했기 때문에 밤늦게 다닐 때는 무척 조심해야 했다.

삼총사는 숲이 우거진 으슥한 산길을 지나다가 앞에서 오는 두 사나이와 마주쳤다. 순간 양쪽 모두 잔뜩 긴장하면서 말을 멈추었다.

“거기 누구냐?”

아토스가 권총을 빼들면서 물었다. 어둠 속 사나이는 얼굴에 검은 복면을 하고 있었다.

“너희는 누구냐? 어느 소속이냐?”

목소리가 낮았지만 매우 위엄이 있었다.

“우리는 총사대의 삼총사다.”

“그렇다면 아토스, 포르토스, 아라미스겠군.”

삼총사는 상대가 자신들의 정체를 알고 있자 경계를 조금 풀었다.

“당신은……?”

“나는 리슐리외 추기경이다.”

사나이가 복면을 벗었다. 마르고 각진 얼굴, 날카로운 눈매가 틀림없이 리슐리외 추기경이었다.

“아, 추기경 예하!”

세 사람은 서둘러 경례를 했다. 비록 사이가 좋지 않긴 하지만 리슐리외는 국왕 다음으로 지위가 높은 상관이었다.

“밤늦게 어디에 다녀오는 길인가?”

“마을로 산책을 나갔다가 진지로 돌아가는 중입니다. 예하께서는 어찌 이리 늦은 시각에…….”

"나는 비밀리에 누굴 만나기 위해 마을 여관으로 가는 길이네. 이렇게 만났으니 나를 호위해 줄 수 있겠나? 밤길이 위험해서 마음이 놓이지 않는군."

거절할 수 없는 부탁이었다.

"예, 저희가 호위해 드리겠습니다."

삼총사는 리슐리외를 앞뒤에서 호위하여 잠시 후 마을 여관에 도착했다.

"자네들은 이 방에서 기다리고 있게."

리슐리외는 삼총사에게 아래층의 방 하나를 잡아 주고 계단을 걸어 올라가 2층으로 갔다.

'누굴 만나기에 이 밤중에 위험을 무릅쓰고 온 걸까? 또 무슨 흉계를 꾸미는 것은 아닐까?'

포르토스와 아라미스가 주사위 놀이를 하고 있는 동안 아토스는 방 안을 서성거렸다.

그때였다. 아토스의 귀에 사람의 말소리가 들렸다. 그것은 아래층과 2층을 잇는 벽난로의 연통을 타고 내려오는 소리였다. 호기심이 생긴 아토스는 벽난로의 연통에 귀를 바짝 댔다. 말소리가 더 또렷이 들렸다.

"오랜만이오, 밀레디."

밀레디라는 말에 아토스는 기절할 듯이 놀랐다. 달타냥에게 들어서 밀레디의 흉계를 이미 알고 있었다. 아토스는 숨을 죽이고 두 사람의 이야기를 낱낱이 엿들었다.

"예, 예하. 이번에 지시할 일은 무엇입니까?"

"런던으로 건너가게."

"그렇다면 버킹엄 공작을……?"

"그렇지. 그자는 에스파냐, 독일 등과 힘을 합해 10만 대군을 이끌고 프랑스에 다시 상륙할 계획을 꾸미고 있어. 버킹엄을 없애지 않으면 프랑스가 위험해지네."

"제 목숨을 걸어야 할 임무로군요. 예, 분부대로 하겠습니다. 대신 예하, 제 부탁을 들어주십시오."

"무엇이든 말하게."

"보나시외란 자의 부인을 아시지요? 버킹엄 공작을 몰래 궁으로 끌어들였던 시녀 말입니다. 또 다이아몬드 사건과도 관계가 있지요. 예하께서 감옥에 가두었던 그 여자를 왕비가 빼돌려 어느 수도원에 감추었다고 합니다. 그 여자가 숨은 곳을 찾아 저에게 알려 주시지요."

"그거야 어렵지 않지. 그렇게 하겠네. 다른 건 없나?"

"달타냥의 목을 저에게 주세요."

"그자를 꼭 죽여야 할 만큼 원한이 그리 깊은가?"

"같은 하늘 아래 살 수 없는 원수입니다. 예하의 밀사인 바르드 백작에게 상처를 입혔고, 다이아몬드 목걸이 계획을 물거품이 되게 하였으며, 제가 보나시외 부인을 납치한 것을 알고 저를 죽이려 하였지요."

"그만하면 악연 중의 악연이로군. 그놈을 처치하시게."

"그리고 예하, 제가 달타냥을 죽이는 것이 추기경 예하를 위한 일이라는 증명서를 써 주세요."

"좋아, 써 주겠네."

리슐리외가 증명서를 쓰는지 말소리가 끊어졌다.

아토스는 포르토스와 아라미스를 불렀다.

"추기경이 날 찾거든 길목을 정찰하러 갔다고 하게."

그리고 숲속에 숨어 있다가, 리슐리외가 2층에서 내려와 포르토스, 아라미스와 함께 사라지자 얼굴에 복면을 하고 그림자처럼 2층 방으로 숨어들었다.

"꼼짝 마라. 소리치면 쏘겠다."

"누, 누구세요?"

권총을 들이대자 밀레디의 아름다운 얼굴이 새파랗게 질리면서 일그러졌다. 아토스는 천천히 복면을 벗었다.

"앗! 당신은 라 페르 백작!"

밀레디가 부들부들 떨기 시작했다.

"그렇소, 나요. 나는 그때 당신이 죽었다고 생각했소. 그래서 늘 고통스러웠지. 그런데 당신은 클라릭 백작 부인으로 아주 당당하게 잘살고 있더군. 어깨의 백합 무늬 낙인이 아직도 남아 있을 텐데 말이오."

"당신이 원하는 게 뭐예요?"

밀레디는 악녀답게 곧 냉정하게 물었다.

"조금 전 추기경과 한 이야기를 모두 들었소. 달타냥을 죽여도 좋다는 추기경의 증명서를 내놓으시오."

아토스의 냉정한 성격을 잘 아는 밀레디는 순순히 증명서를 내놓았다. 증명서에는 이렇게 씌어 있었다.

이 증명서를 가진 사람은 추기경의 명령으로 국가를 위해 일하고 있음을 증명함.

1627년 12월 3일 리슐리외

"다시는 내 눈에 띄지 마시오. 다시 보게 된다면, 그땐 당신을 죽이겠소."

아토스는 여관에서 나와 지름길로 말을 달렸다. 멀리 리슐리외와 포르토스, 아라미스가 오고 있는 모습이 보였다. 아토스는 천천히 모습을 드러냈다.

"예하, 길목에는 아무런 이상이 없었습니다."

이젠 사총사

아토스는 달타냥에게 한시바삐 리슐리외와 밀레디의 흉계를 알려야 한다고 생각했다. 그래서 포르토스, 아라미스와 함께 달타냥을 찾아갔다. 그러나 도무지 편안하게 의논할 장소가 없었다. 벽에도 귀가 있다는 말처럼 병사들 중에서 누가 리슐리외의 첩자일지 알 수 없기 때문이었다.

아침 식사 시간이었다. 아토스가 식사 준비로 떠들썩한 틈에 소리쳤다.

"누가 내기를 하지 않겠는가? 나와 포르토스, 아라미스, 달타냥이 생제르베 성벽에서 한 시간 동안 아침 식사를 하고 돌아오겠다."

생제르베 성벽은 어젯밤 전투가 벌어졌던 곳으로 아직도 프랑스군과 적군의 시체가 남아 있었다. 프랑스 진영과 라 로셸 진영의 중간 지점으로 작전상 서로에게 매우 중요한 곳이었다. 또 그만큼 위험한 곳이기도 했다.

"좋다. 진 쪽이 점심 식사를 사기로 한다."

흥미가 생긴 병사들이 다투어 내기에 덤벼들었다.

"왜 이렇게 무모한 짓을 한단 말인가? 자네는 우리가 목숨을 여러 개씩 가지고 다니는 줄 아는가?"

포르토스가 투덜거리자 아토스는 빙그레 웃었다.

"중요한 의논을 하려고 하네. 안심하고 이야기할 수 있는 곳이 있어야지."

비로소 아토스의 뜻을 이해한 일행은 기꺼이 함께 모험을 하기로 했다.

"그리모, 아침 식사를 챙겨라."

아토스의 충실한 하인 그리모는 바구니에 아침 식사를 챙겨 담고 그들 뒤를 따랐다.

"이왕이면 우리가 여기서 아침 식사를 하는 중이라는 걸 적에게 알려 주는 것이 좋겠지?"

성벽에 도착한 삼총사와 달타냥은 식탁보를 잘라 기를 만들어

세웠다. 그러자 프랑스군 진영에서는 환호성이, 라 로셸군 진영에서는 분노의 함성이 올랐다.

"의논할 일이란 대체 뭔가?"

성급한 포르토스가 더 참지 못하고 물었다.

"밀레디를 만났네."

아토스의 말에 기절할 듯이 놀라는 사람은 달타냥이었다.

"밀레디를? 어이쿠, 그럼 난 이제 죽었군."

아토스는 리슐리외와 밀레디가 만나서 꾸민 흉계를 낱낱이 말해 주었다.

"밀레디가 버킹엄 공작을 암살하겠다고? 비록 상대가 적이지만 그건 비겁한 짓이 아닌가?"

"공작에게 미리 알려 주는 것이 좋지 않을까?"

"지금은 전투 중인데 어떻게?"

달타냥이 자신 있게 말했다.

"제가 잘 아는 윈터 경에게 편지를 보내 알리면 됩니다. 편지 전달은 플랑세를 시키면 잘 해낼 거고요."

"보나시외 부인을 죽이려 한다는데, 어떻게 하지?"

잠자코 있던 아라미스가 말했다.

"나에게 왕비님과 친한 사촌 여동생이 있는데, 편지로 알리도록 하지. 왕비님이라면 보나시외 부인을 보호해 주실 수 있을 거야.”

두 통의 편지는 글을 잘 쓰는 아라미스가 맡기로 했다.

“그런데 저는 어떻게 하지요?”

달타냥이 걱정스럽게 물었다.

“걱정할 것 없네. 우리가 이렇게 함께 있는데 누가 감히 자네에게 손을 댈 수 있단 말인가.”

아토스의 씩씩한 대답은 달타냥에게 믿음을 심어 주었다.

아침 식사를 하면서 의논을 하는 동안 라 로셸군이 여러 번 공격해 왔다. 그러나 삼총사는 뛰어난 사격 솜씨와 전술로 모두 물리치고 무사히 아침 식사를 마쳤다.

“내기에 약속한 시간이 한 시간인데 두 시간 동안 있었으니 우리가 이긴 거지? 멋진 점심 식사를 공짜로 즐기게 되었군. 물러가세.”

일행이 진영으로 돌아오고 있을 때였다.

“아차! 기를 두고 왔군.”

아토스가 생제르베 성벽으로 되돌아가려 했다.

“그만두게. 저렇게 총알이 빗발치는데, 그까짓 식탁보를 어디에 쓴다고.”

포르토스가 말려도 아토스는 들은 체 만
체했다.

"무슨 소리! 기가 부대의 상징이며 생명
이라는 걸 모르나? 총알도 이 아토스는 피
해 간다네."

아토스는 다시 성벽으로 달려갔다.

그가 나타나자 총소리가 더욱 요란해졌
다. 그러나 아토스의 말대로 총탄은 모조
리 아토스를 비켜 갔다. 대신 식탁보로 만
든 기가 총탄을 맞아 벌집처럼 되었다.

아토스는 기를 뽑아 몇 번 흔든 다음 되
돌아왔다.

달타냥과 삼총사가 무사히 돌아오자 프
랑스군 진영에서는 천지를 울리는 환호성
이 올랐다.

"이 소리는?"

리슐리외는 반란이라도 일어난 줄 알고
깜짝 놀란 부관을 불렀다.

"삼총사와 달타냥, 네 명의 총사가 우리

군의 사기를 크게 높였습니다."

부관의 설명을 들은 리슐리외는 크게 감탄했다.

'대단하군! 아토스, 포르토스, 아라미스, 달타냥. 어떻게 하든 이 네 녀석을 내 사람으로 만들어야 하는데…….'

리슐리외는 때마침 찾아온 트레빌 대장에게 말했다.

"공을 세운 달타냥을 당장 총사로 임명하도록 하십시오."

트레빌은 속으로 기뻤지만 무뚝뚝하게 말했다.

"그렇게 할 수 없습니다. 달타냥은 지금 제 부하가 아니고 데 제사르 부대에 있습니다."

"그럼 당신 부대로 전속(소속을 바꿈)시키면 될 거 아니오."

"예, 예하. 그럼 그렇게 하겠습니다."

달타냥을 남달리 아끼는 트레빌은 뛸 듯이 기뻤으나, 그러한 내색을 조금도 드러내지 않고 리슐리외의 방에서 나왔다.

소식을 들은 달타냥과 삼총사는 기쁨의 함성을 올리며 부둥켜 안았다.

"달타냥, 만세!"

"삼총사 만세!"

갑자기 달타냥이 큰 소리로 말했다.

"잠깐! 이제 우린 삼총사가 아니잖아요."

“그렇군. 삼총사가 아니라 이젠 사총사로군.”

“사총사 만세!”

그들은 다시 얼싸안고 만세를 외쳤다.

기쁨과 감격의 순간이 지나자 사총사는 다시 대책을 논의하기 시작했다.

“윈터 경과 왕비님께 보낼 편지가 제일 급해.”

아라미스가 곧 두 통의 편지를 썼다.

“플랑세, 어떤 일이 있어도 이 편지를 8일 안에 전하고 돌아와야 한다.”

플랑세가 먼저 영국으로 떠나고, 이어서 아라미스의 하인 바쟁이 왕비에게 전할 편지를 품에 감추고 떠났다.

이윽고 8일 후, 두 사람이 답장을 받아서 돌아왔다. 두 편지 모두 ‘잘 알았다.’ 는 간단한 내용을 담고 있었다. 적에게 발각되었을 때를 생각한 것이었다.

덫에 걸린 암표범

한편, 첫 남편인 아토스를 만나 혼쭐이 빠진 밀레디는 영국으로 가는 배 위에 있었다.

'달타냥, 두고 보자. 널 반드시 죽이고 말겠다. 내 일을 방해하는 삼총사 놈들도 모조리 죽여 주마.'

밀레디는 이를 부드득 갈았다. 아름다운 얼굴이 순간적으로 독 오른 살쾡이처럼 표독스럽게 변했다.

'아토스에게 계획이 탄로 난 것을 추기경께 보고하고 올 걸 그랬나?'

추기경의 증명서를 빼앗긴 것도 마음에 걸렸다. 그러나 추기경이 아토스와의 관계를 알게 되면 새롭게 약점을 잡히게 될 것이 뻔했다. 아무리 삼총사가 날고 긴다 하더라도 결코 추기경의 적수가 될 수 없다는 믿음으로 보고를 하지 않은 채 그냥 떠나온 것이었다.

배가 영국의 포츠머스 항구에 도착했을 때였다. 영국군 여러 명을 실은 보트 한 척이 가까이 다가오더니, 중위 계급장을 단 장교가 배 위로 올라왔다. 엄격하고 냉정해 보이는 얼굴이었다.

"잠시 검문을 하겠습니다."

밀레디는 가슴이 뜨끔했지만 아무렇지도 않은 표정을 지으며 앉아 있었다. 장교가 앞으로 다가왔다.

"실례지만 부인의 이름은 무엇입니까?"

"클라릭 윈터 백작의 부인이에요."

"국적은요?"

"영국이에요."

밀레디는 국적을 속이면서도 눈썹 하나 까닥하지 않았다.

"아, 바로 클라릭 부인이셨군요. 저를 따라오십시오."

"왜 저를……?"

"부인을 모시라는 명령을 받았습니다."

"그분이 누구신데요?"

"그건 말할 수 없습니다. 저는 부인을 모시고 오라는 명령만 받았습니다.”

추기경의 지시라고 생각한 밀레디는 젊은 장교를 따라 보트에
올랐다.

보트가 선착장에 도착했을 때, 마차가 한 대 기다리고 있었다.

“타시지요.”

장교와 밀레디가 타자마자 마차는 쏜살같이 달렸다. 마차는
복잡한 길을 벗어나 한적한 시골길을 따라 한없이 달렸다.

‘어디로 가는 거지? 여긴 런던으로 가는 길이 아닌데.’

밀레디는 슬그머니 불안해졌다.

“지금 우리가 가는 곳이 어디인가요?”

“부인, 잠자코 계십시오. 저는 부인을 모시라는 명령만 받았
습니다.”

장교의 대답은 차가웠다.

이윽고 마차가 멈춘 곳은 도시와 멀리 떨어진 산속의 거대한
저택이었다. 별장으로 보이는 저택에는 군데군데 군인들이 지
키고 있었다. 그래서인지 전체적인 분위기가 왠지 썰렁하고 으
스스하게 느껴졌다.

장교는 3층의 한 방으로 밀레디를 안내했다.

“여기가 도대체 어디지요?”

“여기서 기다리십시오. 곧 제 상관이 오실 것입니다.”

장교가 나가자 밀레디는 방문을 열어 보았다. 그러나 밖에서 잠갔는지 방문은 꿈쩍도 하지 않았다. 초조한 마음에 창문을 열고 밖을 내다본 밀레디는 소스라치게 놀랐다. 창문 아래는 눈이 어지러울 정도로 까마득한 낭떠러지였고, 절벽 아래는 시퍼런 바다가 사납게 파도치고 있었다.

‘여긴 감옥이야. 내가 함정에 빠진 거야.’

밀레디는 함정에 빠진 짐승처럼 방 안을 서성거렸다. 눈에서 시퍼런 불꽃이 일면서 얼굴이 성난 암표범처럼 사납게 변했다.

‘내 정체가 탄로 났을까? 아토스와 달타냥이란 놈이 내 계획을 버킹엄에게 알린 걸까? 여기 이렇게 갇혀 있으면 끝장인데.’

지칠 대로 지친 밀레디가 침대에 쓰러져 있을 때였다. 열쇠 소리와 함께 방문이 열리면서 한 사나이가 들어왔다.

그를 본 밀레디는 또 한 번 소스라치게 놀랐다.

“앗, 당신은!”

뜻밖에도 윈터 경이었다.

“그렇소, 제수씨. 아니 밀레디.”

밀레디는 귀를 의심했다.

‘밀레디라고? 그렇다면 내 정체를 알고 있다는 말이 아닌가!’

그러나 밀레디는 상냥한 표정을 지은 채 갖은 아양을 다 떨며 말했다.

"아주버님! 아주버님께서 여긴 웬일이세요?"

"아주버님이라고? 하긴 그렇지. 어제까지만 해도 당신은 내 동생 클라릭의 부인이었으니까. 그렇지만 이젠 더 이상 속지 않아."

"그, 그게 무슨 말씀이세요?"

"당신은 프랑스 사람이고, 라 페르 백작, 즉 지금의 아토스와 결혼을 했었소. 그리고 다시 내 동생 클라릭과 결혼해, 유산을 노리고 동생을 독살했소. 또한 지금은 내 유산도 노리고 있겠지."

'그, 그걸 어떻게……?'

"밀레디, 당신은 안느 왕비를 모함하기 위해 버킹엄 공작의 다이아몬드 목걸이를 훔쳤고, 다시 공작을 암살하기 위해 영국에 나타났소. 당신은 하늘이 노할 죄인 중의 죄인이오. 이 모든 것은 당신의 어깨에 있는 낙인이 증명하고 있소.”

밀레디는 이를 갈았다. 이제 더는 감출 필요가 없었다.

“어떻게 그걸 아셨죠? 날 어떻게 할 생각인가요?”

“프랑스의 좋은 친구들이 편지로 미리 알려 주었지.”

윈터 경은 밀레디를 차갑게 쏘아보았다.

“며칠 후면 우리 영국군은 모든 함대를 총동원하여 프랑스를 공격할 거요. 우리는 지금 버킹엄 공작의 명령이 떨어지기를 기다리고 있는 중이지. 프랑스로 진격하는 길에 당신을 아무도 모르는 무인도의 감옥에 내려놓을 거요. 다시는 세상 밖으로 나오지 못하게 말이야. 그때까지는 여기서 기다리시오. 펠튼 중위가 당신을 감시할 것이오.”

윈터 경이 나가고 방문이 다시 잠기자 밀레디는 미친 듯이 울부짖으며 길길이 날뛰었다. 독 오른 암표범처럼 표독스럽고 사나운 모습이었다.

“나를 풀어 주지 못해? 아무도 내게 손댈 수 없어. 풀어 달란 말이야!”

방 안의 물건들을 마구 집어던지며 미친 사람처럼 고래고래 고함을 치던 밀레디가 마침내 제풀에 지쳐 맥없이 쓰러졌다. 그러고는 흑흑 흐느껴 울기 시작했다. 그러다가 갑자기 무엇을 생각해 냈는지 눈을 반짝 빛냈다.

'펠튼 중위라고 그랬지? 내가 살아날 방법은 그 사람을 이용하는 길밖에 없어.'

밀레디는 엉망으로 흐트러진 방 안을 다시 정리했다. 그러고 나서 골똘히 생각에 잠겼다.

'펠튼 중위는 엄격하고 정직해. 도덕적이고. 틀림없이 청교도일 거야. 청교도들은 불의를 보면 참지 못하지.'

영악한 밀레디는 펠튼이 청교도라는 것을 꿰뚫어 보고, 간수를 매수하여 그것을 확인까지 했다.

'두고 봐라. 넘어가나 안 넘어가나. 열 번 찍어 안 넘어가는 나무가 어디 있겠어?'

밀레디는 감시하러 나타난 펠튼에게 성서를 가져다 달라고 부탁했다. 그런 뒤 그가 나타날 때쯤 되면 청교도들의 찬송가를 부르며 애절한 목소리로 기도를 하곤 했다.

"부인은 청교도인가요?"

며칠 후 펠튼이 마침내 관심을 보였다. 밀레디가 이 기회를 놓칠 리가 없었다.

"네, 중위님과 같은 종교예요."

밀레디는 눈물을 흘리며 애처로운 표정을 꾸몄다.

"저는 여기서 죽게 되겠지요? 그렇지만 이것이 하느님의 뜻이라면 저는 죽는 것이 두렵지 않아요. 다만, 억울한 누명을 쓰고 하느님을 속이는 죄인의 손에 죽는 것이 원통할 뿐이에요."

"부인께서 누명을 쓰셨다고요?"

"그렇습니다. 저는 원래 클라릭 윈터 백작의 부인이에요. 그런데 버킹엄 공작이 저에게 남편과 이혼하고 자기와 결혼하자는 거예요. 이게 말이나 되나요?"

밀레디는 펠튼의 표정이 굳어지는 것을 놓치지 않았다.

"제가 말을 듣지 않자 버킹엄 공작은 남편을 전쟁터로 보내 죽게 했어요. 그리고 다시 결혼하자고 했는데, 제가 여전히 듣지 않자 이렇게 프랑스의 첩자라는 누명을 씌워서 죽이려는 거예요. 제가 얼마나 심한 고문을 당했는지 보시겠어요?"

밀레디는 드레스를 내리고 어깨에 찍힌 낙인을 보여 주었다. 그것이 프랑스에서 받은 낙인이라는 것을 펠튼은 알지 못했다.

펠튼이 신음 소리를 삼키며 입술을 깨물었다.

"권력을 그런 데다 마구 쓰다니……. 그런 자가 영국의 재상이라는 사실이 부끄럽군요. 그런 자가 전쟁을 일으켜 수많은 사람을 죽음의 구렁텅이 속으로 몰아넣으려고 하다니, 윈터 경은 이 사실을 모르십니까?"

"네, 아주버님은 제 말을 믿지 않고, 그저 버킹엄 공작의 충실한 부하 노릇을 할 뿐이지요."

"버킹엄, 가증스러운 인간! 내가 하느님의 이름으로 그자에게 벌을 내리지요."

밀레디는 속으로 회심의 미소를 지었다. 불행 중 다행이라고, 뜻밖의 일로 손가락 하나 대지 않고 버킹엄을 암살할 수 있게 된 것이었다.

"부인, 오늘 밤 12시에 문을 열어 놓으십시오. 부인을 탈출시켜 드리겠습니다."

그날 밤, 밀레디와 펠튼은 침대의 시트를 찢어 만든 끈을 타고 별장의 감옥을 탈출하는 데 성공했다.

"10시쯤 부두에서 기다리십시오. 함께 프랑스로 갈 배를 준비해 놓겠습니다."

펠튼은 그 길로 버킹엄 공작을 찾아갔다.

"당신은 당신이 지은 죄를 아십니까?"

"중위, 그게 무슨 말인가?"

"당신은 권력을 마구 휘둘러 죄 없는 부인을 협박하고, 그것도 모자라 윈터 경을 시켜 죽이려고 했습니다."

"그게 무슨 말인가? 이 바쁜 때에 무슨 정신 나간 소린가? 당장 나가게!"

영문을 모르는 버킹엄은 화를 버럭 냈다.

"정말 뻔뻔스럽군요. 하느님을 대신한 심판을 받으시오."

펠튼은 칼을 뽑아 버킹엄의 가슴을 힘껏 찔렀다. 그때 버킹엄의 명령을 받으러 온 윈터 경이 이 광경을 보고 깜짝 놀라 소리쳤다.

"펠튼! 이게 무슨 짓인가? 이게 무슨 짓이냐고?"

펠튼은 그 자리에서 체포되었다. 그리고 바로 그때, 프랑스의 안느 왕비가 보낸 편지가 도착했다.

"읽어 주게. 눈앞이 캄캄해 읽을 수가 없네."

버킹엄은 꺼져 가는 의식 속에서 부관이 읽어 주는 왕비의 편지를 들었다.

"아, 왕비님께서 나를 여전히 진실한 친구로 여기시는구나."

버킹엄은 힘없이 미소를 지었다.

"공격 명령을 중단하게. 국왕 폐하께 전쟁을 중단하시라고 말씀드리게."

버킹엄은 안느 왕비에게서 받았던 장미나무 상자를 품에 안고 조용히 눈을 감았다.

이 보고를 들은 영국의 왕 찰스 1세는 곧 전쟁 중지 명령을 내
렸다.

한편, 밀레디는 프랑스로 가는 배에 타고 있었다.

'내가 왜 당신을 기다려? 속은 게 바보지.'

펠튼 중위를 배신한 채, 밀레디는 프랑스에 도착했다. 그런 뒤
리슐리외 추기경을 만나 보나시외 부인, 즉 콩스탕스가 숨어 있
는 수도원이 어디인지 알아 냈다. 그와 함께 수도원의 출입을
허락하라는 추기경의 명령서까지 받아 냈다.

'기다려라, 달타냥. 네놈이 보호하는 여자를 먼저 죽이고 나서
널 죽여 주겠다. 나를 비참하게 만든 이 원수, 반드시 갚고야 말
겠다.'

밀레디는 부득부득 이를 갈았다. 아름다운 얼굴이 또 순간적
으로 성난 암표범처럼 변했다.

심판

　전쟁이 중단되자 루이 13세는 먼저 파리로 돌아갔다. 호위는 달타냥과 삼총사가 맡았다.

　국왕의 호위를 마친 달타냥은 보나시외 부인을 안전한 곳으로 옮겨야 한다고 생각했다.

　"지금쯤 밀레디가 칼을 품고 찾아다니고 있을 겁니다. 보나시외 부인을 한시바삐 안전한 곳으로 피신시켜야 합니다."

　아토스가 시원하게 말했다.

　"그러세. 지금 가장 급한 일은 바로 그것일세."

　달타냥과 삼총사는 카르멜리탄 수도원으로 말을 달렸다. 그곳에 안느 왕비의 주선으로 보나시외 부인이 숨어 있었다.

　수도원에 도착한 달타냥은 숨이 멎는 것 같았다. 수도원의 원장에게서 밀레디처럼 보이는 여인이 다녀갔다는 말을 들었던 것이다.

"빨리 보나시외 부인이 있는 곳으로 안내해 주십시오."

달타냥은 부리나케 보나시외 부인이 머무는 방으로 달려갔다. 그러나 때는 이미 늦어 있었다. 보나시외 부인은 밀레디가 독을 풀어놓은 물을 마시고 숨이 끊어져 가고 있었다.

"부인, 정신 차리세요! 콩스탕스, 정신 차려요!"

보나시외 부인은 달타냥을 알아보고 희미한 미소를 지었다.

"그동안 많이 도와주셔서 감사해요."

그러고는 숨이 끊어졌다.

"아, 우리가 늦었어요."

달타냥은 눈물을 흘렸다.

"부인, 원수를 꼭 갚아 줄게요. 맹세합니다."

달타냥은 주먹을 불끈 쥐었다.

"추격하세. 여기에서 빠져나간 지 얼마 되지 않은 것 같으니 뒤쫓으면 붙잡을 수 있을 걸세."

아토스가 먼저 말을 달렸다. 그 뒤를 달타냥과 포르토스, 아라미스가 따랐다. 도중에 영국에서 건너온 윈터 경을 만나 함께 행동했다.

밀레디는 강둑의 한적한 숲속 오두막에 숨어 있었다.

달타냥과 아토스, 포르토스, 아라미스, 그리고 윈터 경이 나타나자 밀레디는 새파랗게 질린 채 부들부들 떨었다.

"당신들, 나를 죽이려는 거지요? 살려 주세요. 용서해 주세요. 다시는 죄를 짓지 않겠어요. 맹세하겠어요."

윈터 경이 차갑게 말했다.

"당신은 용서받을 자격이 없어. 용서해 주기에는 그동안 지은 죄가 너무나 많고 깊다고!"

밀레디가 입에 거품을 물고 발악하듯 말했다.

"당신들은 법관이 아니야. 그러니 날 죽일 수 없어. 재판을 받게 해 줘!"

재판을 받으면 리슐리외의 힘을 빌려 사면을 받을 속셈이었다. 그것을 안 달타냥이 품속에서 증명서를 꺼내 보였다.

"이 사면증은 이제 당신에게 아무 소용도 없소. 내 손에 있으니 말이오."

밀레디는 이를 부드득부드득 갈았다.

"이 원수 같은 놈! 그래도 너희는 날 못 죽여. 날 죽이려면 법관을 데려와!"

그때 검은 망토에 법관 모자를 쓴 사나이가 나타났다.

"내가 법관이오."

그를 본 밀레디가 놀라서 어쩔 줄을 몰라 했다.

사나이는 냉랭하게 말했다.

"나는 사형 집행인이었소. 저 여자의 어깨에 낙인을 찍은 사람이 바로 나입니다. 저 여자는 수도원 사제였던 내 동생을 죽음으로 몰아넣었소."

검은 망토의 사나이는 발악하는 밀레디를 꽁꽁 묶었다.

“재판을 하겠소. 이 여자의 죄를 고발하시오.”

달타냥이 먼저 나섰다.

“콩스탕스를 죽인 죄, 나를 죽이려 한 죄를 고발합니다.”

주위의 모든 사람들이 증인이 되었다.

“저 여자는 내 동생 클라릭 윈터 백작과 결혼한 뒤, 재산을 노리고 독살했습니다. 또 펠튼 중위를 속여 버킹엄 공작을 살해하게 했습니다. 살인죄로 고발합니다.”

윈터 경에 이어 아토스가 고발했다.

“저 여자는 낙인이 찍힌 죄인의 몸으로 그걸 속이고 나와 결혼해, 나와 내 가문의 명예를 땅에 떨어뜨렸습니다.”

검은 망토의 사나이가 고발자들에게 물었다.

“어떤 형을 내리기를 원하십니까?”

고발자들이 이구동성으로 외쳤다.

“사형이요!”

밀레디의 얼굴이 하얗게 변했다.

“제가 하느님의 이름으로 이 죄인의 사형을 집행하겠습니다.”

검은 망토의 사나이는 밀레디를 나룻배에 싣고 강 한가운데로 갔다.

“안 돼! 여기서 어쩌려고? 물에 빠뜨려 죽이려고?”

밀레디가 몸부림을 치며 악을 썼다.

"살려 주세요, 네? 나는 많은 돈을 모았어요. 그 많은 돈을 두고 이렇게 허무하게 죽을 수는 없어요. 살려 주세요. 네? 나를 살려 주면 내 재산의 반을 주겠어요!"

밀레디는 눈물 콧물을 줄줄 흘리며 애절한 목소리로 애원하였다. 그러나 사형 집행인의 목소리는 차갑기만 했다.

"너는 인간이 아니라 지옥에서 온 악마야. 하느님의 이름으로 다시 지옥으로 보낸다!"

사형 집행인이 뽑아 든 칼을 휘둘렀다. 칼이 하얀 빛줄기를 번쩍이는 순간이었다.

"으악!"

처절한 비명 소리가 저물어 가는 강변을 뒤흔들었다. 이어서 밀레디의 모습이 강물 속으로 천천히 사라졌다.

뒷이야기

로슈포르 백작이 삼총사와 함께 있는 달타냥을 찾아왔다. 달타냥은 그를 보자마자 칼을 뽑아 들었다.

"제대로 만났다. 칼을 뽑아라. 결판을 내자."

그러나 로슈포르는 칼을 뽑지 않았다.

"결투는 다음에 해도 늦지 않소. 나는 지금 추기경 예하의 명령으로 당신을 체포하러 왔소."

달타냥은 눈앞이 캄캄해졌다.

'드디어 올 것이 왔구나. 날 바스티유 감옥으로 보내려는 모양이다.'

그러나 달타냥은 용감하게 리슐리외 추기경 앞에 섰다.

“자네는 버킹엄과 내통하여 프랑스를 위태롭게 했네. 버킹엄 공작의 죽음으로 영국과 휴전하게 되었으니, 이젠 자네를 벌해야겠네.”

“인정합니다. 그렇지만 예하, 저는 추기경 예하의 명령으로 나라를 위해 일했습니다. 이 서류가 그것을 증명합니다.”

달타냥이 증명서를 보여 주자 리슐리외의 얼굴빛이 싸늘하게 변했다. 거기에는 분명 이렇게 씌어 있었다.

이 증명서를 가진 사람은 추기경의 명령으로 국가를 위해 일하고 있음을 증명함.

1627년 12월 3일 리슐리외

“자네, 이걸 어떻게 구했나?”

“밀레디에게서 빼앗았습니다.”

“밀레디는 어떻게 되었나?”

“지은 죄가 무거워 사형을 시켰습니다.”

“법관도 아닌데 사형을? 그것도 중죄로군.”

리슐리외는 한동안 골똘히 생각에 잠겼다. 그러다가 무언가를 써서 달타냥에게 건네주었다.

“이름을 쓰지 않았으니 자네가 직접 써넣게.”

그것은 총사대의 부대장에 임명한다는 사령장이었다.

“예하! 이, 이건…….”

“자네는 그럴 자격이 충분히 있네. 앞으로 나라를 위해 더 열심히 일하게. 그리고 로슈포르는 나의 충성스러운 부하이니 친하게 지내도록 하고.”

꿈만 같았다. 부대장은 총사대에서 트레빌 대장 다음가는 자리로, 총사들이라면 누구나 꿈꾸는 자리였다. 그런데 어린 나이에 뜻하지 않게 그런 행운을 거머쥐게 된 것이었다.

달타냥은 처음엔 부대장 자리를 삼총사에게 양보하려 했다. 그러나 모두 펄쩍 뛰었다.

“무슨 소리! 그 자리엔 자네가 가장 잘 어울려. 우린 이제 그동안 우리가 꿈꾸던 일을 하려고 하네.”

아토스는 다시 라 페르 백작이 되어 자신의 영지로 돌아갔다. 포르토스는 부유한 집안의 여자와 결혼하여 시골로 내려갔고, 아라미스는 사제가 되기 위해 수도원으로 들어갔다.

달타냥은 로슈포르와 세 번 결투하여 세 번 모두 이겼다. 그 뒤 두 사람은 친한 친구가 되었다.

● **이해 능력 Level Up!**

※ 다음은 「삼총사」의 시작 부분입니다. 잘 읽고, 물음에 알맞은 답을 골라 번호를 쓰세요.

1625년 4월의 어느 날, 프랑스 남부 지방의 작은 시골 마을인 타르브에서 한 청년이 길 떠날 채비를 하고 있었다. 달타냥이라는 이 청년은 이제 열여덟 살로, 트레빌 대장이 이끄는 총사대의 총사가 되기 위해 파리로 가려는 것이었다.

"아버지, 다녀오겠습니다."

달타냥이 작별 인사를 올리자 아버지는 읽고 있던 책을 덮고 자리에서 일어났다.

아버지는 엄숙한 얼굴로 말했다.

"아들아, 언제 어디서나 너는 가스코뉴 사람이라는 사실을 잊지 않도록 해라. 5백 년 이상이나 조상 대대로 이어져 온 가문의 명예를 더럽히지 않도록 의연하고 당당하게 처신하도록 해라. 가스코뉴 사람들은 비겁하지 않고, 누구에게도 이유 없이 고개를 숙이지 않는다. 네가 고개를 숙여야 할 상대는 국왕 폐하와 추기경 예하, 그리고 총사대의 트레빌 대장뿐이다. 이 세 사람 말고는 어떤 사람에게도 굴복해서는 안 된다. 알겠느냐?"

"예, 아버지."

대답과 함께 입술을 꽉 깨무는 달타냥의 얼굴도 아버지 이상으로 엄숙했다.

"나는 너에게 다섯 살 때부터 검술을 가르쳤고, 용기와 정직을 강조했다. 나는 네가 누구보다 용감한 총사가 되리라 믿는다. 왜냐하면 너는 가스코뉴 사람이고, 또 나의 아들이니까. 싸움을 두려워하지 말고 스스로 모험을 찾아라. 그리고 싸움에서는 결코 뒤로 물러서지 마라. 알겠느냐?"

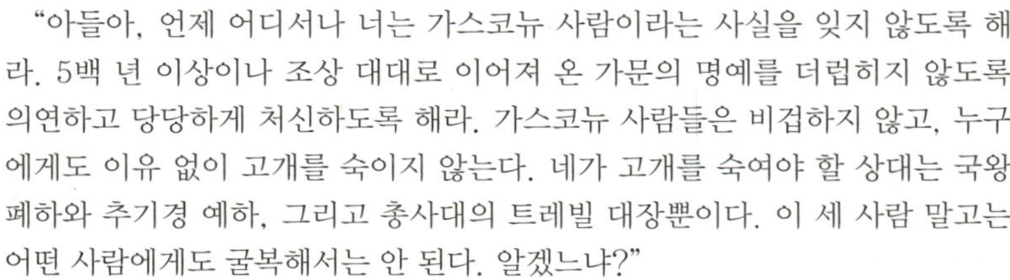

1. 다음 중 이 소설에 대한 설명으로 바르지 않은 것은 어느 것입니까?

  1) 시간적 배경은 17세기이다.
  2) 공간적 배경은 프랑스이다.
  3) 주인공은 달타냥이다.
  4) 달타냥은 가스코뉴 출신이다.
  5) 총사대를 이끄는 사람은 추기경이다.

2. 다음 중 달타냥의 아버지에 대한 설명으로 바르지 않은 것은 어느 것입니까?

  1) 강직하다.
  2) 가스코뉴 출신이라는 것에 대한 자부심이 크다.
  3) 아들을 마음속 깊이 사랑한다.
  4) 예의가 없다.
  5) 충성심과 모험심이 뛰어나다.

3. 달타냥이 파리로 떠난 이유는 무엇입니까?

  1) 검술을 배우기 위해
  2) 모험을 즐기기 위해
  3) 총사가 되기 위해
  4) 돈을 벌기 위해
  5) 탐관오리들을 물리치기 위해

※ 다음 글을 읽고, 물음에 알맞은 답의 번호를 쓰세요.

> 삼총사가 나가자 트레빌은 다시 달타냥에게 시선을 돌렸다.
> "총사가 되고 싶다고 했지? 지금 몇 살인가?"
> "열여덟 살입니다."
> "아직 너무 어리군. 총사대에 들어오려면 싸움터에 나가 큰 공을 세우거나 검술이 뛰어나야 하거든. 우선 총사 예비 학교에 가서 검술과 말 타는 법을 더 배우도록 하게. 내가 추천장을 써 주겠네."
> "저는 말을 아주 잘 타고, 다섯 살 때부터 아버지께 검술을 배웠습니다. 실례의 말씀이지만, 저와 검술을 한번 겨루어 보시겠습니까?"
> 트레빌이 쓴웃음을 지었다.
> "큰소리를 치는 것도 아버지를 닮았군. 예비 학교에 가서 2~3년 동안만 공부하게. 그러면 총사로 받아 주겠네."
> "대장님은 제가 미덥지 않은 모양이십니다만, 아버지의 추천장이 있습니다. 오다가 도둑을 맞았지만요. 추천장을 다시 찾아오겠습니다."

4. 트레빌 대장과 달타냥의 아버지는 어떤 관계인가요?

   1) 친구   2) 원수   3) 부하   4) 부자   5) 경쟁자

5. 위의 글에서, 달타냥의 성격이 대담하고 용기가 있음을 알 수 있는 대화를 찾아 번호를 쓰세요.

   1) 저와 검술을 한번 겨루어 보시겠습니까?
   2) 다섯 살 때부터 아버지께 검술을 배웠습니다.
   3) 저는 말을 아주 잘 탑니다.
   4) 열여덟 살입니다.
   5) 추천장을 다시 찾아오겠습니다.

6. 총사대에 들어가 총사가 될 수 있는 방법은 무엇입니까? 있는 대로 고르세요.

1) 싸움터에 나가 큰 공을 세운다.

2) 예비 학교에 가서 정해진 공부를 마친다.

3) 총사대 대장과 검술을 겨루어 이긴다.

4) 유명한 사람의 추천장을 받아온다.

5) 나이가 스무 살이 넘어야 한다.

※ 다음은 달타냥이 삼총사를 처음 만나 결투를 벌이던 도중에 일어난 일입니다. 잘 읽고, 물음에 알맞은 답의 번호를 골라 쓰세요.

"우리 총사대는 근위대의 일에 간섭하지 않는데, 왜 근위대는 우리 일에 사사건건 간섭이냐? 물러가라."

"무슨 소리! 우리는 추기경 예하의 명령에 복종할 뿐이다."

아토스는 근위대가 순순히 물러나지 않을 것이라는 걸 알고 있었다. 그래서 굳은 표정으로 포르토스와 아라미스에게 말했다.

"어차피 이렇게 된 일, 저들을 무찔러서 어젯밤에 땅에 떨어진 삼총사의 명예를 회복하도록 하세."

"그래, 그 수밖엔 없을 것 같네."

포르토스가 칼을 뽑아 들자 아라미스가 걱정스러운 표정을 지었다.

"우리가 이길 수 있을까? 저쪽은 다섯인데 우리는 셋이고, 더구나 아토스가 부상을 당한 상황인데……."

이때 달타냥의 힘찬 목소리가 세 사람의 귀를 때렸다.

"제가 알기론 우리 쪽 사람 수가 네 명인데요!"

"자네, 그렇다면……?"

"저는 아직 총사대는 아니지만, 총사 지원자이니까 마음은 이미 총사나 다름이 없습니다. 저를 받아 주십시오."

아토스가 환끈하게 대답했다.

"좋네. 기꺼이 받아 주겠네. 자네 이름이 무엇인가?"

"예, 달타냥입니다."

"좋다. 포르토스, 아라미스, 달타냥, 결판을 내자!"

7. 총사대와 근위대에 대한 설명으로 바르지 않은 것은 어느 것입니까?

　　1) 총사대는 국왕을 호위하는 군인들이다.
　　2) 근위대는 추기경을 호위하는 군인들이다.
　　3) 총사대와 근위대는 서로 협력하는 관계이다.
　　4) 총사대와 근위대는 서로 경쟁하는 관계이다.
　　5) 총사대와 근위대는 서로 사이가 좋지 못하다.

8. 달타냥이 한 "제가 알기론 우리 쪽 사람 수가 네 명인데요."라는
　　말은 무슨 뜻일까요?

　　1) 결투를 계속하자.
　　2) 나는 근위대를 돕겠다.
　　3) 수적으로 불리하니 일단 후퇴하자.
　　4) 나와 관계가 없는 일이므로 구경만 하겠다.
　　5) 나는 삼총사를 마음속으로 친구라 생각하고 있다.

9. 이 글에서 묘사한 사건 다음에, 달타냥과 삼총사에게 일어날 일
　　을 예측한 것으로 맞는 것은 무엇입니까?

　　1) 근위병을 물리치고 나서 다시 결투를 계속한다.
　　2) 근위병들과의 싸움에 져서 모두 부상을 당한다.
　　3) 근위병들을 물리치고 서로 친구가 될 것을 다짐한다.
　　4) 근위병들에게 체포되어 끌려간다.
　　5) 근위병들과 화해하고 웃으면서 헤어진다.

※ 다음 글을 읽고 물음에 답하세요.

아토스는 달타냥에게 한시바삐 리슐리외와 밀레디
의 흉계를 알려야 한다고 생각했다. 그래서 포르토
스, 아라미스와 함께 달타냥을 찾아갔다. 그러나 도
무지 편안하게 의논할 장소가 없었다. 벽에도 귀가
있다는 말처럼 병사들 중에서 누가 리슐리외의 첩자
일지 알 수 없기 때문이었다.

　아침 식사 시간이었다. 아토스가 식사 준비로 떠들썩한 틈에 소리쳤다.
　"누가 내기를 하지 않겠는가? 나와 포르토스, 아라미스, 달타냥이 생
제르베 성벽에서 한 시간 동안 아침 식사를 하고 돌아오겠다."
　생제르베 성벽은 어젯밤 전투가 벌어졌던 곳으로 아직도 프랑스군과 적군
의 시체가 남아 있었다. 프랑스 진영과 라 로셸 진영의 중간 지점으로 작전상
서로에게 매우 중요한 곳이었다. 또 그만큼 위험한 곳이기도 했다.
　"좋다. 진 쪽이 점심 식사를 사기로 한다."
　흥미가 생긴 병사들이 다투어 내기에 덤벼들었다.
　"왜 이렇게 무모한 짓을 한단 말인가? 자네는 우리가 목숨을 여러 개씩 가
지고 다니는 줄 아는가?"
　포르토스가 투덜거리자 아토스는 빙그레 웃었다.

10. 생제르베 성벽에 대한 설명으로 바르지 않은 것은 어느 것입니까?

　1) 프랑스군과 적군의 시체가 남아 있는 무시무시한 곳이다.

　2) 어젯밤에도 전투가 있었던 곳이다.

　3) 조용히 아침 식사를 즐길 수 있는 곳이다.

　4) 작전상 매우 중요한 곳이다.

　5) 언제 전투가 벌어질지 모르는 위험한 곳이다.

11. 아토스가 내기를 하자고 말한 까닭은 무엇입니까?

　1) 적진을 정탐하기 위해

　2) 마땅히 아침 식사를 할 곳이 없어서

3) 삼총사의 용감성을 과시하기 위해

4) 비밀 이야기를 하기 위해

12. 위의 내용을 극본으로 꾸밀 경우, 포르토스의 대사에 이어질 아
   토스의 대사로 가장 알맞은 것을 고르세요.

> 포르토스 : 왜 이렇게 무모한 짓을 한단 말인가? 자네는 우리가 목숨을 여
> 러 개씩 가지고 다니는 줄 아는가?
> 아토스 : (빙그레 웃으며)

1) 자네는 죽음이 그렇게 두려운가?

2) 중요한 의논을 하려고 하네.

3) 이 기회에 삼총사의 이름을 더욱 드높여야 할 것 아닌가.

4) 잔소리 말고 따라오게.

● **논리 능력 Level Up!**

※ 다음은 삼총사의 성격과 특징에 대한 설명입니다. 물음에 답하세요.

> 삼총사의 첫째는 (㉮). 생각이 깊고 신중해서 언제나 엄숙한 표정을 짓고
> 있었다. 그래서 붙은 별명이 '웃지 않는 (㉮)'. 검술이 아주 뛰어났다.
> 둘째인 (㉯)는 몸집이 매우 크고 힘이 센데다 멋진 수염을 기르고 있었다.
> 늘 빨간 망토를 입고 다녀서 사람들이 '빨간 망토의 (㉯)'라고 불렀다.
> 셋째인 (㉰)는 나이 스물두 살의 눈에 띄는 미남이었다. 그래서 붙은 별명
> 이 '미남 (㉰) 총사'였고, 셋 중 검술이 가장 뛰어났다. 그의 꿈은 수도원으로
> 들어가 사제가 되는 것이었다.

1. ㉮, ㉯, ㉰에 해당하는 사람의 이름을 각각 쓰세요.

  (1) ㉮ :

  (2) ㉯ :

  (3) ㉰ :

2. ㉮에 해당되는 사람의 별명이 '웃지 않는 ○○○'인 것으로 미루어 알 수 있는 그의 성격에 대해 써 보세요.

※ 다음은 달타냥이 삼총사와 함께 왕비의 편지를 전하기 위해 영국으로 가는 도중 생긴 사건의 한 장면입니다. 물음에 알맞은 답을 쓰세요.

> "무슨 음모가 숨어 있을지 모르니 먼저 떠나도록 하세. 포르토스, 그자는 자네가 처리하게."
> 아토스가 먼저 길을 떠나자 나머지 사람들도 그 뒤를 따랐다.
> "포르토스 총사님 혼자서 괜찮을까요?"
> 달타냥의 걱정에도 아토스는 염려할 일이 아니라는 듯 말했다.
> "포르토스의 실력을 믿지 못하나? 걱정할 것 없고, 시간이 급하니 빨리 달리세."
> 일행은 다시 칼레항을 향해 달리기 시작했다. 두 시간쯤 달렸을 때 자잘한 나무가 우거진 잡목 숲이 나타났다. 8~9명의 사나이들이 길을 닦고 있었다.
> "수상한 사람들이니 조심하게. 일손이 서투를 뿐 아니라, 손이 일꾼들답지 않게 매끄러워."
> 조심성 많은 아토스가 주의를 주었다. 일행이 서둘러 일꾼들 사이를 뚫고 지나가고 있을 때였다. 갑자기 총소리가 들리면서 총알이 핑, 핑 날아왔다.

3. 아토스가 싸우고 있는 포르토스를 혼자 남겨 두고 떠난 까닭은
무엇입니까?

4. 아토스가 길을 닦고 있는 일꾼들을 수상하다고 한 까닭은 무엇입
니까? 두 가지를 쓰세요.

(1) ㉮ :

(2) ㉯ :

5. 포르토스와 싸운 사람은 누구의 부하라고 생각합니까?

※ 다음 글을 읽고, 물음에 답하세요.

'왜 우리 군 쪽에서 총알이 날아오지? 수상하다!'
달타냥은 쓰러져 죽은 척했다. 그러고는 총알이 날아온 돌담
쪽을 지켜보았다.
잠시 후 돌담 사이에서 두 병사가 모습을 드러냈다. 정탐 도
중 뒤처진 두 병사가 분명했다.
'날 죽이고, 적에게 사살당한 것처럼 위장하려는 수작이로군. 교활한 놈들!'
두 병사가 다가왔다.
"죽었나?"
"죽었을 거야. 빨리 확인하고 돌아가서 보고하세."
두 병사가 몸 가까이 다가왔을 때 달타냥은 벌떡 일어나 칼을 뽑아 들었다.

6. 달타냥이 쓰러져 죽은 척한 까닭은 무엇입니까?

7. 두 병사를 시켜 달타냥을 죽이려 한 사람은 누구일까요?

※ 다음 글을 읽고, 물음에 답하세요.

> 달타냥과 아토스, 포르토스, 아라미스, 그리고 윈터 경이 나타나자 밀레디는 새파랗게 질린 채 부들부들 떨었다.
> "당신들, 나를 죽이려는 거지요? 살려 주세요. 용서해 주세요. 다시는 죄를 짓지 않겠어요. 맹세하겠어요."
> 윈터 경이 차갑게 말했다.
> "당신은 용서받을 자격이 없어. 용서해 주기에는 그동안 지은 죄가 너무나 많고 깊다고!"
> 밀레디가 입에 거품을 물고 발악하듯 말했다.
> "당신들은 법관이 아니야. 그러니 날 죽일 수 없어. 재판을 받게 해 줘."
> 재판을 받으면 리슐리외의 힘을 빌려 사면을 받을 속셈이었다. 그것을 안 달타냥이 품속에서 증명서를 꺼내 보였다.
> "이 사면증은 이제 당신에게 아무 소용도 없소. 내 손에 있으니 말이오."
> 밀레디는 이를 부드득부드득 갈았다.
> "이 원수 같은 놈! 그래도 너희는 날 못 죽여. 날 죽이려면 법관을 데려와!"
> 그때 검은 망토에 법관 모자를 쓴 사나이가 나타났다.

8. 윈터 경이 밀레디에게 "당신은 용서받을 자격이 없어."라고 말한 까닭은 무엇일까요?

9. 밀레디가 재판을 받게 해 달라고 한 속셈은 무엇일까요?

10. 검은 망토를 입은 사나이의 정체는 무엇일까요?

● **논술 능력 Level Up!**

※ 다음은 포르토스가 예비 총사가 된 달타냥에게 한 말입니다. 잘 읽은 뒤 문제에 대한 여러분의 생각을 써 보세요.

> "총사는 폐하를 호위하는 무사이기 때문에 품위를 지켜야 한다네. 자네도 우리처럼 하인을 두어야 해."
> 포르토스는 달타냥에게 플랑세라는 하인을 한 명 직접 구해 주었다.
> 플랑세는 달타냥이 세든 여관 2층 단칸방에서 맨바닥에 자리를 깔고 자야 할 형편이었지만, 불평하지 않았다. 그리고 주인인 달타냥을 잘 받들었다.

1. 총사의 품위를 지키기 위해 하인을 두어야 한다는 포르토스의 말에 대해 어떻게 생각합니까? 찬성 또는 반대 중 어느 한쪽을 선택하고, 그 까닭도 함께 써 보세요.

   (1) 찬성 또는 반대

   (2) 그렇게 선택한 까닭

2. 여러분이 만약 소설 속의 플랑세라면 달타냥에게 어떻게 했겠습니까? 그렇게 생각한 까닭도 쓰세요.

※ 다음 글을 읽고, 물음에 답하세요.

3. 트레빌 대장에게 비밀을 말하려고 한 달타냥의 행동에 대하여 여러분은 어떻게 생각합니까? 그리고 달타냥은 왜 그렇게 하려고 했을까요?

4. 비밀을 말하지 못하게 한 트레빌 대장의 행동에 대한 여러분의
   생각을 써 보세요.

5. '비밀'과 관계 있는 경험을 육하원칙에 맞추어 글로 써 보세요.

※ 다음은 아토스가 겪었던 지난날의 일을 요약한 것입니다. 물음에 대
   한 여러분의 생각을 써 보세요.

아토스는 역시 짐작대로 지체 높은 가문의 귀족이었다. 베리란 고장의 영주요, 백작이었다. 그는 스물다섯 살 때, 열여섯 살 먹은 아름다운 처녀와 결혼해 행복하게 살고 있었다. 그런데 어느 날 사냥을 갔다가 아내가 말에서 떨어지는 바람에 놀라운 사실을 알고 말았다. 기절한 아내를 치료하다가 어깨에 새겨진 백합 모양의 낙인을 발견한 것이었다. 낙인이란 중죄인의 몸에 새기는 문신으로서 평생 지울 수가 없었다. 아토스의 아내는 도둑질로 살아가는 전과범이었는데, 자신의 신분을 감추고 타고난 미모를 이용하여 백작 부인의 자리에까지 오른 것이었다. 아토스는 그동안 속은 것이 분해 아내를 묶어 나무에 매달아 버렸다. 그리고 그 길로 고향을 떠나 이름을 아토스로 바꾸고 총사대에 입대했던 것이다.

6. 아토스가 아내를 묶어 나무에 매단 까닭은 무엇일까요? 그 당시
   사람들의 생각을 상상하며 써 보세요.

7. 낙인이 찍혀 있다는 이유 하나로 아내를 죽이려 한 아토스의 행
   동이 옳은지, 그른지 타당한 근거를 들어 써 보세요.

8. 만약 여러분이 아토스였다면 어떻게 하였겠습니까?

※ 다음은 「삼총사」의 끝 부분입니다. 잘 읽고, 물음에 대한 여러분의 생각을 글로 써 보세요.

> 달타냥은 처음엔 부대장 자리를 삼총사에게 양보하려 했다. 그러나 모두 펄쩍 뛰었다.
>
> "무슨 소리! 그 자리엔 자네가 가장 잘 어울려. 우린 이제 그동안 우리가 꿈꾸던 일을 하려고 하네."
>
> 아토스는 다시 라 페르 백작이 되어 자신의 영지로 돌아갔다. 포르토스는 부자와 결혼하여 시골로 내려갔고, 아라미스는 사제가 되기 위해 수도원으로 들어갔다.
>
> 달타냥은 로슈포르와 세 번 결투하여 세 번 모두 이겼다. 그 뒤 두 사람은 친한 친구가 되었다.

9. 달타냥이 부대장 자리를 양보하려고 하자 삼총사는 모두 사양합니다. 삼총사의 행동에 대한 여러분의 생각, 그리고 나라면 어떻게 했을지를 써 보세요.

10. 가장 가치 있는 삶이란 어떤 삶일까요? 이에 대한 여러분의 생각을 써 보세요.

 풀이

이해 능력 Level Up!

1. 5)   2. 4)   3. 3)   4. 1)   5. 1)

6. 1), 2)   7. 3)   8. 5)   9. 3)   10. 3)

11. 4)   12. 2)

논리 능력 Level Up!

1. (1) 아토스 (2) 포르토스 (3) 아라미스

2. 조심성이 많다, 침착하다, 냉정하다 등

3. 편지를 전하는 일이 가장 급하고 중요했을 뿐 아니라, 포르토스의
   실력을 믿었기 때문에

4. (1) 일꾼들의 일손이 서투르다.
   (2) 손이 일꾼들답지 않게 매끄럽다.

5. 리슐리외 추기경

6. 자신을 공격한 두 병사의 정체를 밝히기 위해

7. 밀레디

8. 너무나 많은 죄를 지었기 때문에

9. 리슐리외 추기경을 이용하여 사면을 받으려고

10. 법관, 형리, 사형 집행인(모두 정답)

논술 능력 Level Up!

1. 예시 : (1) 반대한다.

    (2) 자신의 품위를 지키기 위해 남을 이용하는 것은 옳지 않다. 그것
    은 결과적으로 다른 사람의 인격을 무시하고 짓밟는 것이 되기
    때문이다. '사람 위에 사람 없고, 사람 아래 사람 없다.'는 말처
    럼, 사람은 누구나 동등한 인격을 타고났으며, 자신의 인격을 중
    요하게 여기는 만큼 다른 사람의 인격 또한 존중해 줘야 한다. 그
    래야 자신도 인격적으로 대우를 받을 수 있다. 그러므로 품위를
    지키기 위해 하인을 두어야 한다는 포르토스의 말은 옳지 않다.

    (1) 찬성한다.

    (2) 오늘날에는 대체로 모든 사람이 평등하게 살고 있지만, 예전에
    는 그렇지 않았다. 신분에 따라 하는 일이 달랐고, 다른 사람 밑
    에서 시중을 드는 하인들이 있었다. 그런 사람들에게 인간적으
    로 대우해 주지 않아 많은 문제가 생겼다. 그래서 점점 신분 제
    도가 없어졌다. 그렇지만 하인에게 친구처럼 잘 대해 준다면 문
    제가 없을 수도 있다. 하인을 단순히 천한 신분이라고 생각해
    함부로 대하는 것이 아니라, 하나의 직업으로 생각해 존중해 주
    고 도움을 받는다고 생각하면 될 듯싶다. 그리고 삼총사의 배경
    이 되는 시기에는 하인을 두는 것을 당연하게 생각했기 때문에
    나도 자연스럽게 하인을 두었을 것이다.

2. 예시 : 내가 플랑세라면 달타냥의 하인 노릇을 하지 않고, 친구나
    동료로서 지내자고 말하였을 것이다. 그렇게 해서 함께 문제를 풀
    어 나가자고 했을 것이다. 왜냐하면 플랑세에게도 달타냥보다 우

수한 점이 분명히 있을 것이고, 서로 힘을 합하면 일의 효과가 높아질 뿐 아니라 서로 좋은 친구가 될 수 있기 때문이다. 주인과 하인이라는 말은 인격을 존중하지 않는 것이므로 없어져야 한다고 생각한다.

3. 예시 : 왕비의 편지를 전하는 일을 트레빌 대장과 의논하려 한 것은 나쁘지 않다고 생각한다. 왜냐하면 편지를 전하는 일은 국가적으로 아주 중대한 일이기 때문에 만약 실패를 했을 때 무서운 결과를 가져오게 되기 때문이다. 약속을 반드시 지켜야 한다는 도덕적 문제보다는 국가의 안전이 더욱 중요하지 않을까? 그러므로 자신이 믿을 수 있는 사람이라고 판단한 트레빌 대장과 의논하려 한 것은 오히려 신중한 행동이었다고 칭찬을 받아야 할 것이다.

4. 예시 : 트레빌 대장은 아주 신중하고 책임감 있으며 사려 깊은 지도자이다. 지도자란 강압적인 방법으로 아랫사람들을 억누르려고 하기보다는 자신이 직접 모범을 보임으로써 다른 사람들이 자신을 따르게 해야 한다. 그리고 아랫사람에게 어떤 문제가 생겼을 때 좋은 말로 설득하여 바른 길로 이끌어 주어야 한다. 모르는 척 그냥 넘어가는 것도 좋은 지도자가 할 행동이 아니다. 이런 의미에서 볼 때 달타냥이 자신을 믿고 비밀을 이야기하려 한 것이 옳지 않다고 말하며 비밀을 털어놓지 못하게 한 트레빌 대장의 행동은 존경받아 마땅하다고 생각한다.

5. 예시 : 2학년 때 친한 친구와 함께 뒷산에 놀러 갔다가 빨갛게 익은 산딸기를 발견하였다. 친구와 나는 산딸기가 너무 예쁘고 아까워서 차마 따 먹지 못하고 이파리로 가려 감추어 놓았다. 그리고 아

무에게도 말하지 않기로 손가락을 걸고 약속했다. 그런데 나는 입이 근질거려 더 이상 참지를 못하고 다른 친구에게 그 사실을 말해버렸다. 물론 비밀을 지키겠다는 다짐을 받았지만, 그 친구는 다른 아이들에게 떠들고 다녔다. 결국 나와 친한 친구는 내가 다른 사람에게 비밀을 이야기했다는 사실을 알게 되었고, 나를 찾아와 실망했다고 말했다. 나는 너무 창피해서 아무 말도 할 수 없었다. 그 일 때문에 나는 내 가장 친한 친구에게 믿음을 잃었고, 나중에 사과를 하느라 진땀을 뺐다. 비밀을 지킨다는 것은 생각보다 쉬운 일이 아닌 듯싶다.

6. 예시 : 아토스는 사랑하는 아내로부터 배신을 당한 것이 매우 억울하고 원통했던 것 같다. 또 한편으로는 죄를 지은 사람이기 때문에 자신의 생각대로 벌을 주어도 된다고 생각했던 듯싶다. 그러나 단지 그런 이유로 아내를 죽이려고 한 것은 너무 심하다고 생각한다. 아마 그 당시 사람들은 죄를 지을 경우 자신의 아내라고 할지라도 재판도 받게 하지 않고 죽일 수 있었던 모양이다. 또 사랑하는 아내보다는 가문의 명예를 더 중요하게 생각한 것 같다.

7. 예시 : 낙인은 죄인이라는 표시이다. 그러므로 낙인이 찍혀 있는 사람은 일단 큰 죄를 지은 사람이라고 생각해야 한다. 그러나 아토스는 아내에게 변명할 기회도 주지 않고 나무에 매달아 죽이려 하였다. 아토스의 행동은 너무 성급했다. 먼저 낙인이 찍히게 된 앞뒤 사정을 알아본 다음에 이혼을 하거나 쫓아내는 게 옳았다. 사람에겐 각자 어쩔 수 없는 사정이라는 것도 있게 마련이다. 그리고 아무리 죄인이라고 하더라도 자신만의 판단으로 다른 사람을 죽이는 일은 죄악이며

살인이다. 죄는 오직 법에 의해서만 심판을 받을 수 있다.

8. 예시 : 내가 아토스였다면 먼저 낙인이 찍히게 된 사정을 알아보았을 것이다. 상대가 사랑하는 아내이기 때문이다. 그런 다음 또다시 죄를 지을 가능성이 있다고 생각되면 재판소에 넘기고, 반성의 기미가 보여 새 사람이 될 가능성이 있으면 새롭게 살 길을 열어 주겠다. 죄를 지었다고 해서 새로운 인생을 살 기회를 빼앗으면 안 되기 때문이다. 그리고 이 일을 비밀에 부쳐 가문의 명예를 지키겠다.

9. 예시 : 아토스, 포르토스, 아라미스는 의리가 대단하고 친구에 대한 우정이 깊다. 그들이 총사대를 떠난 것은 달타냥에게 더욱 마음 편하게 일할 수 있는 환경을 만들어 주기 위한 배려에서 비롯되었다고 생각한다. 또 오래전부터 꿈꾸던 일을 이루기 위해, 제각기 총사대를 떠나 새로운 삶에 도전하는 것도 매우 가치 있는 일이라고 여겨진다. 내가 만약 삼총사였다면 달타냥의 말에 선뜻 사양하거나 배려하지는 못했을 것 같다. 자신이 유명해지고 인정받을 수 있는 기회를 포기하는 것은 쉽지 않은 일이다. 또 나보다 다른 사람을 먼저 생각하는 것은 무척 어려운 일이기 때문이다.

10. 예시 : 가치 있는 삶이란 자신이 그 일을 가장 잘할 수 있고, 또 그 일을 함으로써 살아가는 보람과 기쁨을 느낄 수 있는 삶이다. 아무리 다른 사람이 부러워하고 누구나 우러러보는 일을 하더라도 자기 자신이 만족스러워하거나 기뻐하지 못하는 일을 한다면 가치 있는 삶을 산다고 할 수 없을 것이다. 그것이 무엇이든 자신의 일을 통해 사회에 봉사할 수 있고 다른 사람에게 도움을 주며, 자신과 가문의 명예를 높일 수 있다면 참 좋을 것이다.